10
18

12, AVENUE D'ITALIE. PARIS XIIIe

Sur l'auteur

Depuis *Son frère*, publié en 2001 et adapté dans la foulée par le réalisateur Patrice Chéreau, Philippe Besson, auteur entre autres de *L'Arrière-Saison* et de *La Trahison de Thomas Spencer*, est devenu un des auteurs incontournables de sa génération. Il a par ailleurs écrit le scénario de *Mourir d'aimer* (2009), interprété par Muriel Robin, de *La Mauvaise Rencontre* (2010) avec Jeanne Moreau et du *Livre de Paul*, le prochain film de Laure Duthilleul. Dix ans après la publication d'*En l'absence des hommes*, premier livre de Philippe Besson sorti en janvier 2001, paraît aux éditions Julliard, *Retour parmi les hommes*, suite fiévreuse, lyrique et nostalgique de ce somptueux roman devenu culte.

PHILIPPE BESSON

LES JOURS FRAGILES

10 18

JULLIARD

© Éditions Julliard, Paris, 2004.
ISBN 978-2-264-05352-7

Pour Florian Sallaberry.

Je reviendrai, avec des membres de fer, la peau sombre, l'œil furieux : sur mon masque, on me jugera d'une race forte. J'aurai de l'or : je serai oisif et brutal. Les femmes soignent ces féroces infirmes retour des pays chauds. Je serai [...] sauvé.

Arthur RIMBAUD,
Une Saison en enfer,
août 1873.

Vendredi 22 mai

Dans notre famille, les hommes ne restent pas. Vrai, quand on y songe, ils n'ont jamais rien fait d'autre que s'éloigner, prendre le large, et s'affranchir de nous, les femmes, condamnées à demeurer au pays, reliées à la terre. Je n'ai cessé de me demander d'où ils tenaient cette attirance pour d'autres ciels, alors que le ciel est le même partout.

Mon père, le premier, n'a d'abord pratiqué que des villes de garnison, au hasard de ses affectations successives, à l'écart du domicile conjugal. Il m'a, du reste, conçue à l'occasion d'une de ses haltes à Sélestat et il résidait du côté de Lauterbourg, à ce qu'on m'a rapporté, lorsque je suis venue au monde. Est-il jamais repassé par ici pour voir à quoi je ressemblais ? Mère me l'assure mais j'ai du mal à la croire, même si je me garde de mettre sa parole en doute. S'il a fait le chemin pour me reconnaître, il ne lui a pas fallu longtemps en tout cas pour déguerpir et ne plus revenir, pour s'en aller vagabonder vers des soleils et nous abandonner à notre sort, à notre sol. Je ne sais rien de lui ou presque, sauf qu'il fut capitaine, officier itinérant tantôt en Algérie, tantôt en Crimée, qu'il fut élevé au grade

11

de chevalier de la Légion d'honneur, et qu'Arthur et moi lui devons nos yeux bleus. Oui, il y a ça, sans équivoque : les yeux sont ceux du père.

Arthur n'a pas arrêté, lui non plus, d'avoir la bougeotte. Je ne serais plus capable d'établir avec certitude le compte des lieux qu'il a traversés, des collines qu'il a chevauchées, des contrées qu'il a explorées, des horizons qu'il a cherché à atteindre. Je me souviens, en revanche, avec exactitude que j'étais une toute jeune femme quand il s'en est allé. Je n'avais pas vingt ans. Lui en avait vingt-cinq, en paraissait dix-sept. Il avait une maigreur adolescente, la tête rentrée dans les épaules. Il est parti, sans un regard pour nous autres. Il nous a laissées à nos Ardennes, qui étaient pourtant aussi les siennes, à ce pays de gel, dur et noir. Cela fait plus de dix années maintenant que l'Afrique nous l'a pris.

Frédéric, enfin, ne vit pas très loin de nous, mais bien assez pour que nous ne le fréquentions plus. Mère l'a banni voilà bientôt six ans, tout ça pour un mauvais mariage.

Aujourd'hui, alors que l'un de nos hommes se rapproche, que l'on n'espérait plus, il faut encore ne pas bouger d'ici et attendre. Après son interminable exil, Arthur a, en effet, débarqué à Marseille, où on doit l'opérer. J'aurais aimé l'y rejoindre mais notre mère en a décidé autrement : c'est elle et elle seule qui montera dans le train demain à l'aurore. Elle revient du bureau de poste d'Attigny où elle a télégraphié son heure d'arrivée à son fils. Elle me commande de rester à Roche et de m'occuper de la ferme pendant son absence. Je ne discute pas. Elle sait ce qu'il y a à faire, ce qui est bien. Elle l'a toujours su.

Samedi 23 mai,

Je ne me fais guère d'illusions : si mon frère rentre en France aujourd'hui, c'est davantage pour se soigner que pour nous revoir. Mais qu'importe ses raisons : ce qui compte, c'est qu'il soit plus près de nous qu'il ne l'a jamais été au cours de la dernière décennie. Ce qui compte, c'est qu'il soit de retour.

Bien sûr, son état nous cause du souci. Voilà plusieurs mois qu'il se plaint d'une douleur infectieuse au genou, qui le fait terriblement souffrir, au point qu'il éprouve les plus grandes difficultés à se déplacer. Il a soumis son cas aux docteurs de Somalie mais ceux-ci ne sont pas parvenus à comprendre son mal ni à enrayer sa douleur. Les hôpitaux de là-bas n'ont sans doute pas démérité mais on ne peut pas demander à des dispensaires de brousse d'accomplir des prodiges et de fournir toutes les réponses aux mystères du corps humain. Arthur a pris la bonne résolution, en tout cas, en acceptant de confier son sort à des médecins français qui ont plus d'instruction et qui sont mieux informés des derniers développements de la science. Et on prétend que l'hôpital de la Conception à Marseille est un établissement sérieux. De savoir cela tranquillise un peu mon anxiété.

Hélas, comme dans un affreux mouvement de balancier, je n'arrive pas à chasser de mon esprit les images atroces de l'agonie de Vitalie, notre sœur bien-aimée. Comment oublier qu'elle fut emportée par une maladie du genou et que les ultimes semaines furent un calvaire ? Comment ne pas établir le lien ? Comment ne pas croire à une malédiction, à un enchaînement du malheur ? Dieu miséricordieux, qu'aurions-nous donc fait pour mériter un tel sort ? Quel outrage aurions-nous donc commis ?

Mais je veux croire qu'Arthur est en mesure de guérir et que cette vilaine névralgie ne sera bientôt plus qu'un méchant souvenir. Il est temps décidément que nos hommes nous soient redonnés.

Dimanche 24 mai,

Je m'étonne moi-même de tenir ce journal, d'en ressentir la nécessité, mais après tout Vitalie en tenait un, elle aussi, et cela n'étonnait personne. Au fond, on a le goût de l'écriture dans la famille. Il n'y a guère que notre aîné, Frédéric, que cela rebute. Et puis je suis allée aux écoles. Je sais mon grec et mon latin. Et je m'y connais un peu pour tourner les phrases. Pourquoi devrais-je m'interdire cet exercice ? Hein, quel mal y aurait-il ?

Mère, à n'en pas douter, y trouverait à redire (pis : elle serait stupéfaite, et courroucée), elle qui considère que ce sont ses mots qui ont mené Arthur à sa perte. Pourtant, elle n'était pas la dernière à se plaindre de la rareté et de la brièveté de ses lettres d'Afrique. Elle l'aurait aimé quelquefois plus disert, ce fils lointain, du moment qu'il avait opté pour une existence sérieuse. Il n'en reste pas moins qu'elle nourrit une sorte de méfiance naturelle à l'égard des introspections, des confessions, et de ceux qui s'y abandonnent, qui s'y abîment. C'est elle qui a recouvert nos vies d'une chape de plomb. Elle qui nous a réduits au silence, à son silence.

Je lui dissimulerai ce journal. Comme elle ne me questionnera pas, je n'aurai nul besoin de lui mentir. Elle m'a toujours tenue pour une fille réservée, une fille du dedans, disciplinée. Les mères peuvent se tromper, aussi.

Et s'il s'agissait seulement de ne pas égarer des sentiments, de retenir des fragments, de conserver des souvenirs, de figer des instants ?

D'égrener les jours.

Lundi 25 mai,

Les nouvelles en provenance de Marseille ne sont pas encourageantes. Un télégramme arrivé ce matin m'apprend que l'amputation de la jambe gauche est indispensable et imminente. Cette annonce me plonge aussitôt dans l'effroi. Je sens une eau glacée couler le long de ma colonne vertébrale. Et c'est toute ma carcasse qui est saisie de tremblements. Je renoue, d'un coup, avec les frayeurs d'antan, lorsque je redoutais de voir Arthur se perdre.

Une gangrène s'est déclarée, d'après les médecins. Il convient d'arrêter sa progression. C'est un certain docteur Pluyette qui devrait pratiquer l'opération. Mère assure que l'hôpital dispose des équipements les plus modernes. Elle me prie de ne pas m'en faire. « Tout ira bien. » Comment songe-t-elle à affirmer cela alors qu'on va estropier à jamais mon pauvre frère ? Qu'on va l'entamer dans sa chair, le priver de son intégrité ? Je devine que Mère cherche à me rassurer, mais il est des circonstances qui exigent de la lucidité et de la vérité.

J'ignore comment les retrouvailles entre Arthur et elle se sont déroulées. Pas un mot à ce sujet dans son télégramme, pas même une allusion. Nulle chaleur, nulle émotion. Des faits, seulement des faits, des détails matériels. Et, à la fin, cette question : « Comment vont les affaires de la ferme ? » Si c'est ce ton qu'elle a adopté avec lui, je doute que leur rencontre ait été débordante de tendresse et d'affection. Arthur s'est toujours plaint amèrement de la surveillance policière exercée par la *mother*, comme il la nommait, de sa présence possessive et de son refus de toute effusion. Les années ont peut-être adouci son amertume. Peut-être la comprend-il mieux maintenant. Peut-être mesure-t-il davantage la charge qui est la sienne, ses responsabilités, sa solitude aussi. Je serais comblée que ces deux-là ne se détestent point.

Mardi 26 mai,

Je préférerais me trouver à Marseille plutôt qu'ici, à ses côtés plutôt que seule, presser sa main plutôt que scruter le vide. Je voudrais me tenir près de lui au moment où les infirmières viendront le chercher, où le chariot l'emportera. Je suis certaine que je saurais les gestes, les mots, les silences, les regards. Mère, elle, ne pourra pas s'empêcher de conserver cette expression sévère, distante, impassible. Non qu'elle n'éprouve rien, mais elle s'est toujours interdit de se laisser aller. Je gage qu'Arthur ne refuserait pas un peu de compassion malgré son orgueil, un peu de tendresse malgré sa rugosité, un peu de cœur malgré son insensibilité apparente. En somme, ses défauts sont ceux qu'il reproche à notre mère. Il ferait bien de s'abandonner, lui aussi, de témoigner de sa peur, s'il en a, puisqu'il n'y a pas de honte à ça. Cela lui ferait du bien et il n'est pas infamant de réclamer de la miséricorde : c'est Dieu Lui-même qui l'accorde. Oui, je voudrais être là à l'instant où il partira pour ce voyage dont il reviendra tout autre. Je devrais me contenter de la brique et de la boue de Roche, des paysages sinistres en deçà de la ligne des forêts, des ciels lourds, des marronniers séculaires, de cet automne au beau milieu du printemps, de cette affreuse solitude.

Mercredi 27 mai,

Au moment où je m'attelle à ce journal, on ampute Arthur. On lui retire la faculté de marcher en homme libre. On l'atteint dans ce qui a fait son existence : se mouvoir.

Et presque mécaniquement il me revient ce qu'il m'a raconté de sa marche vers l'Italie. Il avait vingt-trois ans, si mes souvenirs sont exacts. La traversée du Saint-Gothard a été fort pénible, épuisante, à ce qu'il m'en a dit. Du reste, des hommes ont laissé leur vie dans de telles expéditions, dans de si grands efforts. Mais lui, il tenait à y arriver, à vaincre cette satanée montagne. Il a refusé de s'arrêter, même lorsque ses jambes se sont dérobées sous ses pas, même lorsque ses genoux lui ont manqué, même lorsqu'il a perdu l'équilibre. Il lui fallait le faire puisqu'il l'avait décidé. Il est parvenu jusqu'au lac

Majeur. Il a dormi dans des granges de fortune ou à la belle étoile, parfois tenaillé par une horrible faim. À Milan, il a été recueilli par une femme qui venait de perdre son mari. Il n'est pas resté long-temps. Il lui fallait repartir vers le sud, toujours davantage vers le sud. Il cherchait le soleil. Il y a eu Brindisi, Gênes, Rapallo, La Spezia, Livourne. Il y a eu des heures et des jours dans la chaleur, silhouette découpée dans un ciel bleu. Il y a eu des villages traversés au pas de charge, des vieillards au visage strié de rides assis sur des chaises au bord des rues, qu'il n'a même pas pris le temps de saluer. Il y a eu cette douceur italienne, l'odeur d'herbe et de paille de la campagne lente de la Ligurie, contre laquelle, tout de même, il a reposé son corps fourbu, endolori. Et il a continué d'avancer, d'avancer, comme s'il était un forcené, comme s'il s'agissait d'une compé-tition, mais contre qui, si ce n'est contre lui-même, déjà ? Pourtant, il advient toujours un moment où le corps cède. À Sienne, il a cédé. Il y a eu la chute du corps, les yeux qui se révulsent, la conscience qui se perd, une violente insolation. Je me remémore tout cela, qu'il m'a raconté il y a quatorze ans, avec une précision qui m'effraie moi-même. Je croyais avoir tout oublié et tout me revient, comme à l'instant de mourir, paraît-il.

C'est le soleil qui a stoppé sa marche.

Je songe que c'est ce même soleil de plomb qu'il a dû endurer pendant douze jours, après avoir quitté le Harar, étendu sur une civière portée par seize hommes, seulement protégé d'un drap de lin blanc que le vent léger faisait parfois se soulever.

À Aden, on l'a jeté à terre.

Après encore, il y a eu la mer, treize journées de

mer dans d'atroces souffrances, sur un rafiot de fortune ballotté par des flots capricieux, avant l'hôpital à Marseille.

C'en est fini, des périples.

Jeudi 28 mai,

Je prie pour son salut. Je vais tout de noir vêtue jusqu'aux portes des églises avec l'espoir que le ciel se montrera clément. Je m'agenouille sur un banc pour demander à Notre-Seigneur qu'Il prenne soin de mon frère. Je referme mes mains sur mon visage, dans le silence, en guettant un signe. Je récite mes prières, je roule mon chapelet entre mes doigts, je serre mon missel contre ma poitrine, j'implore le Très-Haut, afin que le mauvais sort se détourne d'Arthur. Je demande pardon pour ses offenses, j'accepte de prendre tous ses péchés avec moi, je sollicite l'absolution du mécréant, pour que le Juge suprême ne le regarde pas d'un mauvais œil. N'en déplaise à Arthur, je ne suis pas une victime sacrifiée aux prêtres, ces sales fous ainsi qu'il les désignait, je suis une jeune femme qui a grandi dans l'amour et la crainte de Dieu. Je crois que Sa lumière nous protège des désordres et du malheur ou nous aide à les surmonter quand ils sont inévitables. Je ne doute pas que, dans Sa grande bonté, Il ne voudra pas accabler l'insolent.

Ai-je jamais fait autre chose, depuis l'enfance, qu'espérer en secret le salut pour mon turbulent, effroyable et merveilleux aîné ?

Samedi 30 mai,

Les médecins se sont débarrassés de sa jambe en la jetant dans un endroit quelconque. Ils ne savent même pas dire où exactement. À notre mère qui la réclamait, ils ont répondu que ç'était le protocole. Le protocole ! Ah, les affreux savants ! Ah, les êtres sans pitié ni charité ! Il me semble que, jusqu'à la fin de mes jours, je ne pourrai m'empêcher de rêver à cet endroit quelconque.

Dimanche 31 mai,

On lui fabriquera une jambe artificielle. Il ne sera pas obligé de se déplacer avec des béquilles. Il n'aura pas la crainte de chuter à chaque instant. Il sera capable de se tenir debout. Il est dit qu'il ne sera pas l'estropié, le mutilé, l'invalide, l'impotent. Oui, il saura se tenir debout, comme il l'a toujours fait. Il est de notre sang. Il ne se couchera pas.

Lundi 1er juin,

Je retrouve ce matin par hasard le croquis que j'avais dessiné à l'encre violette sur la page d'un livre de dépenses. Le grand jeune homme maigre qu'on y voit, c'est lui, bien sûr. C'était l'été de 1879, un an après l'installation de la famille ici, à Roche, dans cette propriété que Mère avait décidé de prendre en main. C'était si rare qu'Arthur fût parmi nous, l'été. D'ordinaire, il s'en retournait à nous seulement lorsque l'hiver était là.

Oui, c'est l'hiver quand Arthur revient.

Au fond, mes jeunes années ont été rythmées par ses fugues et ses retours. Et, un jour, il n'est plus revenu. Il a dû penser qu'il ne supporterait pas un hiver ardennais de plus.

Cet été-là, il avait participé à la moisson, lui qui méprisait les corvées agricoles. Je me souviens de ses cheveux blonds, de ses yeux clairs, de sa bonne humeur, de son rire. Tout cela me paraît si lointain. Je dois accomplir un immense effort de mémoire. Je tente, mais en vain, de remettre la main sur un autre dessin, exécuté au crayon deux ans plus tôt. Arthur y est de profil, je crois, il porte veston et cravate, il sourit presque. C'est un portrait un peu arrangé, je le confesse. Il faut arranger nos souvenirs. Sans ça, la vie n'est pas supportable.

Mercredi 3 juin,

Les travaux de la ferme m'épuisent. Je ne parviens pas à m'en acquitter seule. C'est trop pour moi. J'éprouve une violente fatigue. La force me manque. Mes bras me font terriblement souffrir. À la fin du jour, je ne sens plus mes jambes. Et j'ai le souffle court, les cheveux qui collent à mon visage. L'humidité de ces derniers jours n'arrange rien. Il me semble que le froid pénètre jusqu'à mes os. Cette région n'est pas de tout repos. Cette terre exige de la peine. Ce soir, je me couche avec de la fièvre. Et l'image inventée d'Arthur sur son lit de torture me hante. Mère n'a pas donné de nouvelles depuis quatre jours. Ce mutisme pourrait me rendre folle. Cette solitude me conduire à la démence. Il faudrait n'être pas seule avec tous ces tracas. N'être pas seule à porter un tel fardeau.

Vendredi 5 juin,

Je fais envoyer un télégramme à notre mère. Je ne veux pas lui dissimuler mon état, ni le retard que je prends dans la tâche qu'elle m'a confiée. Mère n'aime pas qu'on lui cache la vérité et je la sais préoccupée par la situation de la propriété. Je la prie instamment de demeurer auprès de son fils car c'est lui, évidemment, qui a le plus besoin d'elle. Elle doit le veiller, tempérer ses souffrances, l'aider à reprendre le dessus, l'accompagner dans cette convalescence qui commence. Ce qui compte, c'est lui. C'est lui d'abord. Rien n'a plus d'importance que la vie d'un enfant, n'est-ce pas ? Elle sait, dans sa chair, ce que c'est que de perdre un enfant. Elle fera tout, j'en suis convaincue, pour ne pas revivre pareil cauchemar.

Samedi 6 juin,

La fièvre empire. Ce matin, je ne suis pas parvenue à me lever. Je suis restée clouée au lit. Me voici rongée par la culpabilité. Que va penser Mère, quand elle constatera que rien n'est fait, que je n'ai pas su me débrouiller ? Elle ne m'adressera aucun reproche, je la connais. Elle se contentera de travailler pour deux, sans desserrer les dents. Elle partira avant que le soleil soit levé et reviendra à la nuit tombée. Elle retroussera ses manches, elle. Elle n'est pas une petite nature. Cette fièvre tombe fort mal. Décidément, notre mère n'aura pas été chanceuse avec sa progéniture.

Dimanche 7 juin,

Je n'ai jamais vu Sidonie Albinier autrement que vêtue de noir. Elle porte son veuvage depuis qu'elle a vingt et un ans, depuis que son mari a disparu, emporté en quatre semaines par une angine de poitrine. Cela fait désormais plus d'un demi-siècle qu'elle se rend, chaque dimanche, au cimetière de Roche pour changer les fleurs qu'elle dispose sur sa tombe.

Sidonie ne s'est jamais remariée. Elle prétend qu'on est la femme d'un seul homme et que si le bon Dieu ne lui a pas laissé, à elle, le loisir de vivre sa vie jusqu'à la fin des jours auprès du sien, c'est qu'il y avait sans doute une raison. Sidonie ne discute pas les raisons du bon Dieu. Elle change les fleurs chaque semaine. En silence.

Personne ne s'occupe d'elle. On ne la tient pas pour une originale mais on ne s'approche pas d'elle. On respecte sa douleur qu'on suppose intacte et dont elle n'a pourtant jamais rien dit. On la salue d'un simple hochement de tête quand elle se rend au bourg. On mettra sans doute plusieurs jours à s'apercevoir qu'elle nous a quittés, une fois que Notre-Seigneur se sera souvenu de la rappeler à Lui. On se rassurera en imaginant que Sidonie s'en est allée rejoindre son amoureux après une si longue séparation.

En attendant, Sidonie, qui me sait seule à la ferme et souffrante, s'arrête quelques instants sur le pas de ma porte pour me déposer des tomates de son jardin. Son visage est lacéré de rides mais ses yeux gris n'ont rien perdu de leur éclat, qui est celui de sa jeunesse.

Devine-t-elle ce qui arrive à mon frère ? Sa sollicitude est-elle la marque de qui sait ce que signifie : devoir accomplir un deuil ? S'attend-elle à ce que je prenne, un soir prochain, la relève de sa solitude ?

Lundi 8 juin,

Mère m'annonce qu'elle revient. Elle affirme qu'elle s'inquiète pour ma santé. Je voudrais lui faire remarquer que celle d'Arthur est forcément plus préoccupante que la mienne mais je m'en garde, bien sûr. À la mère, on ne dit rien. Toute réplique est inconcevable. Il n'y a qu'Arthur qui ait osé la défier. Et avec quelle virulence !

Au fond de moi, je la soupçonne de ne revenir que pour la ferme et parce qu'elle redoute que tout aille à vau-l'eau, que la récolte soit perdue, même si elle ne l'avouera jamais. Ainsi, elle choisit d'abandonner son fils à son calvaire, ce qui ne manque pas de me troubler. Je lui cherche des excuses et je dois admettre qu'en cet instant je ne lui en trouve guère. Arthur, dans un accès de colère, avait assuré, un jour, qu'elle est de ces êtres abominables qu'il faut mettre hors d'état de nuire. En réalité, il ne lui avait pas pardonné de l'avoir envoyé à la pension Rossat, de l'avoir obligé à porter des costumes à boutons dorés et des galurins militaires, de l'avoir livré à des maîtres bornés chargés de lui inculquer la discipline à coups de règle sur les doigts et de lignes à recopier, d'avoir massacré consciencieusement son enfance. Il ne lui avait pas davantage pardonné de s'être scandalisée plus tard de sa poésie et de lui avoir vertement reproché la vie de bohème qu'il menait à Paris. Moi, à l'époque, j'avais tenté de tempérer le courroux de mon frère en pointant ses excès et de le ramener à des sentiments plus charitables. Je ne l'avais pas calmé, évidemment, mais j'avais au moins interrompu la terrible litanie de ses récriminations. Aujourd'hui, ses mots vifs me reviennent à l'esprit. Je mesure à quel point ces deux-là, la mère et son fils, n'ont jamais su se comprendre. Il faut admettre qu'aucun n'y a mis du sien.

Et moi-même, saurais-je dire avec certitude si ces affrontements me terrorisaient ou me subjuguaient alors ?

Mercredi 10 juin,

Les larmes d'Arthur l'ont ébranlée, précise-t-elle. Au point qu'elle a retardé son retour d'une journée. Pourtant elle a quand même fini par refermer la porte de la chambre d'hôpital sur lui, sur son désarroi, et par prendre son train. Dans la carriole qui nous ramène de la gare d'Attigny, c'est impossible de ne pas remarquer son air plus pâle qu'à l'habitude, plus renfrogné aussi. À mes questions précises, anxieuses, elle oppose des borborygmes, une lassitude, un agacement. Elle tâche de mettre sa mauvaise humeur sur le compte de la fatigue occasionnée par le voyage, mais je devine que la séparation a été houleuse et que les images de son fils cloué sur son lit de douleur la poursuivent. Si cela se trouve, son goût du secret l'a peut-être même conduite à ne pas lui indiquer que j'étais la cause de son retour précipité à Roche. Ainsi le fossé entre eux s'est-il creusé un peu plus. Les réconciliera-t-on jamais, ces deux infirmes ? Arrivée à la ferme, elle se retire dans sa chambre et m'indique qu'elle ne dînera pas. À cet instant, elle me fait pitié. Je voudrais la consoler, cette mère maladroite, éprouvée. Mais elle repousserait une telle effusion. Nous sommes une famille disloquée, détraquée. Avons-nous jamais été autre chose ?

Vendredi 12 juin,

À Arthur, j'écris ma faiblesse. Je lui dis la mauvaise santé qui est la mienne, cet affaissement du corps, cette débilité de tout l'organisme. Je ne devrais pas l'inquiéter avec cela mais j'entends ne rien lui cacher. Et puis je ne veux pas qu'il soit surpris, s'il nous revient, en me voyant. Sa pauvre sœur va bien mal, il se pourrait même que cet été soit le dernier. Lui et moi sommes les enfants perdus. Notre détresse nous tire par le bas. Nos pauvres armures se fissurent. Nos cœurs se brisent, voilà la vérité.

Dimanche 14 juin,

Un vol d'hirondelles affolées, dès potron-minet, au ras de nos champs ; des arbres qui frissonnent sur notre terre engourdie ; un halo qui se déplace avec lenteur autour de nos enclos ; une pâleur sur les visages osseux des femmes qui se rendent au premier office ; un ennui sur les peaux desséchées des paysans d'ici ; un printemps qui s'achève dans des frimas hivernaux ; tout cela qui est ma vie depuis toujours pourrait, ce matin, m'arracher des larmes.

Mardi 16 juin,

Je décide de porter une robe claire aujourd'hui, et légère, comme en réplique à la grisaille, à l'aphasie. J'ai envie de croire à l'été, au soleil. J'espère dans le retour des beaux jours. Je frissonne un peu sous la dentelle fine, mais qu'importe. Une mèche de mes cheveux tombe sur mon épaule gauche et je ne songe pas à la relever lorsque je croise mon reflet dans la glace. Je me surprends même à sourire en lissant le tissu sur mes hanches. C'est l'instant que Mère choisit pour apparaître dans l'embrasure de la porte. Elle ne prononce pas une parole mais son regard jette immédiatement sur moi, sans hésitation possible, un blâme, un anathème. Aussitôt, je remonte ma mèche pour l'enfermer dans mon chignon.

Jeudi 18 juin,

Dans la lettre d'Arthur, arrivée il y a une heure à peine, et qui n'est adressée qu'à moi, comme pour signifier une désapprobation, un ressentiment à l'endroit de notre mère (ce qui n'est pas, en la circonstance, pour me déplaire), je retiens ces phrases : *J'ai toujours une forte névralgie à la place de la jambe coupée, c'est-à-dire au morceau qui reste. Je ne sais pas comment cela finira. Enfin, je suis résigné à tout**. Instantanément, je songe à l'enfance, qui ne fut pas si malheureuse, à ceux que nous fûmes, à ceux que nous sommes désormais. Je me demande ce que nous avons fait de mal pour que tant d'épreuves nous soient envoyées. Je me demande si nous méritons les souffrances qu'on nous inflige, le sort qu'on nous réserve. Je sais qu'il nous faut obéir à ce que Dieu décide mais, ce matin, j'interroge le Ciel avec un peu de colère.

Vendredi 19 juin,

Mère consent à m'en dire un peu à propos de ce que subit notre malade. Elle me raconte le son de la cloche au petit matin, la visite des médecins aux

---

* Tous les passages en italique figurant dans ce roman renvoient à des phrases réellement prononcées ou écrites soit par Isabelle Rimbaud, soit par Arthur Rimbaud.

premières heures de la matinée, le ballet des uniformes blanc et bleu, les soins délivrés par les infirmières, le déjeuner servi à dix heures, le dîner à dix-sept. Elle me raconte également les cris, les suppliques et les râles dans les salles communes, l'épais silence à la tombée du jour, les admissions bruyantes et les disparitions discrètes. Elle me dit le même chagrin des pensionnaires et des visiteurs, oui, ce chagrin qui étreint pareillement ceux qui restent et ceux qui les quittent. Et puis elle ne dit plus rien. Alors dans son visage usé, creusé de rides, comme dans son regard hagard, égaré, je scrute son malheur.

Samedi 20 juin,

Je me porte un peu mieux, aujourd'hui. Je recouvre des forces. Si tout craque, si tout cède, nous serons balayés. Il convient donc de résister, et de ne pas désespérer.

Lundi 22 juin,

De nouveaux tracas en perspective : voici que les autorités militaires nous informent que la situation d'Arthur ne serait pas régulière. Tout cela prêterait à sourire si ce n'était tragique. Que diable l'armée pourrait-elle faire d'un unijambiste ? Et pourquoi s'inquiète-t-elle de lui, qui aura trente-sept ans en octobre ? Soupçonne-t-elle qu'il est de retour en France ? J'avoue que le courrier officiel, reçu ce jour, ne laisse pas de me surprendre. N'avons-nous pas assez de tourments qu'on songe à nous en inventer de nouveaux ? Vrai, nous ne sommes pas épargnés ! Je veux croire qu'une lettre suffira pour dissiper cet affreux malentendu.

Jeudi 25 juin,

Ainsi que je le redoutais, les sottises du bureau du service militaire ont plongé mon frère dans le plus grand désordre. Il nous reproche de n'avoir pas entrepris les démarches nécessaires afin de régulariser sa dispense. Il se plaint que nous n'ayons rien arrangé. Et il est terrifié à l'idée d'être considéré comme insoumis. Il s'imagine déjà emprisonné après avoir été reconnu comme déserteur. J'entends son trouble et son courroux, et pourtant comment n'a-t-il pas conscience de l'absurdité de la menace qui pèserait sur lui ? Je vais tenter de le rassurer, mais, à le lire, son affolement semble difficile à faire retomber.

Il est indéniable qu'il n'a jamais porté dans son cœur l'institution militaire, mais a-t-il oublié qu'il nous a assurées être allé au combat lors des jours sombres de la Commune et qu'il a sérieusement envisagé de s'enrôler dans l'armée carliste après avoir rencontré à Londres un ancien soldat de l'armée des Pays-Bas ? Mon intention n'est pas de me moquer de lui, seulement j'observe que sa fougue ainsi que son goût pour l'engagement et le danger ont passé. Sans doute se sont-ils perdus dans le caniveau où pourrit sa jambe morte.

Vendredi 26 juin,

Autant l'avouer sans détour : je n'ai jamais cru qu'Arthur ait pu être communard. Sur ce point, j'en suis presque certaine, il nous a menti. Il a toujours aimé étonner. Il nous servait aisément des récits fantastiques. Il a pu fort bien tout inventer.

Bien sûr, il s'est exalté pour quelques causes et il a toujours pris le parti des faibles contre l'oppresseur, surtout quand l'oppresseur revêtait les habits longs et noirs des serviteurs de l'Église. Déjà, dans la prime enfance, c'est par la compagnie des enfants pauvres qu'il était irrésistiblement attiré. Nous n'étions pas riches nous-mêmes mais nous avons été élevés dans une méfiance de classe. Mère s'est toujours acharnée à nous faire vivre au-dessus de nos moyens et habiter des quartiers auxquels nous ne pouvions pas prétendre. Mon père ne nous avait presque rien légué et nous ne possédions pas beaucoup de bien, mais notre mère avait besoin d'entretenir le mythe de notre aisance. Elle nous a tenus à l'écart des enfants défavorisés par le sort. Pour Arthur, l'existence de ces enfants avait des saillies et des couleurs quand la sienne lui paraissait lisse et terne. Leurs faubourgs étaient tellement plus vivants et dangereux que le nôtre, triste, austère, où rien ne survenait jamais. Il préférait les haillons d'une jeunesse misérable aux costumes étriqués qu'on le forçait à porter. Au fond, il a toujours regretté de n'être pas un paria, un voyou, de n'avoir pas plongé dans les abîmes au cours des années de la formation de soi. Il s'en est juste approché. Il est allé tout au bord, il était pris de l'envie de sauter le pas mais chaque fois notre mère criait pour le ramener vers elle et il s'en retournait penaud, les yeux tournés vers le sol, les mains dans les poches, plein de regrets, vers la maison.

Dans les heures troublées de la Commune, il n'a pas agi autrement, j'en suis convaincue. Il n'est entré en dissidence que plus tard dans sa vie. À quinze ans, il était encore obéissant.

Moi aussi, j'étais obéissante. Je le suis restée.

Mardi 30 juin,

Il dort deux heures par nuit. Le jour, il est contraint à l'immobilité. Sa jambe a cicatrisé mais il lui est presque impossible de se mouvoir. Il balance perpétuellement entre agacement et accablement. Il ne rêve que d'Afrique mais il demeure bloqué à Marseille, dans cet hôpital où nous le laissons seul. Ici, notre mère s'est enfermée dans le mutisme. Voilà bien trois jours qu'elle n'a pas desserré les lèvres. Moi, je m'acquitte de mes tâches à la ferme en tentant de m'abrutir, cherchant dans la fatigue le moyen d'échapper aux mauvaises pensées, à la culpabilité, au chagrin. Ces journées sont les plus longues, elles sont interminables. Le soir venu, je m'enferme dans ma chambre et je me livre à la morsure du remords. C'est à devenir folle.

Jeudi 2 juillet,

Je me rends à Voncq pour poster les lettres que j'adresse à Arthur. Il m'a fait jurer de ne plus rien lui envoyer depuis le bureau de poste d'Attigny de peur d'attirer l'attention sur lui et de permettre aux autorités militaires de retrouver sa trace. Je n'ai pas voulu perdre mon temps à lui expliquer que ces précautions sont inutiles. Cela m'aurait obligée à lui parler de son état, à lui faire observer que l'armée ne saurait s'accommoder d'un invalide. Et puis mon aîné n'apprécie guère qu'on le contredise. De toute façon, je ne peux rien contre sa peur, qui est plus vive, plus entêtante qu'une frayeur d'enfant. Autant jouer son jeu. Cela ne me coûte pas tant que ça, même si je préférerais ne pas lui mentir.

Mère s'étonne de mes déplacements mais elle a visiblement décidé de ne pas m'interroger à ce sujet. De même, elle feint de n'avoir pas relevé que les courriers de son fils ne sont désormais adressés qu'à moi. En la contemplant, je ne peux m'empêcher de voir la fierté de la famille Cuif, une sorte d'arrogance. Et je comprends mieux que notre père, le Capitaine, ait choisi, un jour, d'échapper à ça, cet assourdissant silence, à cette morgue muette.

Dimanche 5 juillet,

On ne dirait pas que nous sommes entrés dans l'été. Le soleil est froid, la campagne est fumante au petit matin, les ciels sont violets comme les jours où il givre, les toits d'ardoise ont des reflets humides, et la girouette accrochée au clocher de l'église tourne aux quatre vents. Les rues sont encore boueuses de la pluie d'hier, les volets sont clos aux bâtisses séculaires, des corps marchent courbés dans le lointain comme s'ils étaient engourdis. À l'heure du déjeuner, je croise des femmes habillées de gris qui remontent du cimetière, des fleurs mortes pendant à leurs bras épuisés. Les hommes ne parlent pas, ils n'ont rien à dire. Ces premiers jours de juillet ressemblent à une veille de Toussaint.

Mardi 8 juillet,

Nos démarches ont été payées de retour : l'affaire de la situation militaire d'Arthur est arrangée. L'intendance de Mézières me fait parvenir une attestation en ce sens. Mon frère n'a plus rien à redouter. Désormais, il lui est loisible de quitter l'hôpital et de rentrer sans crainte ici, à Roche, parmi les siens. Il peut être tranquille : il est libre.

Libre. Le tragique de ce seul mot.

J'éprouve quelque appréhension tout de même à le laisser entreprendre seul le voyage depuis Marseille, le jour où il le décidera, mais comment faire autrement ? J'irai le chercher à la gare, je le ramènerai en carriole, tout ira bien.

34

Je m'en vais lui préparer sa chambre. Sans doute serait-il préférable qu'il loge au rez-de-chaussée. Une telle installation exigerait de lui moins d'efforts. Il faut viser *la plus grande commodité*. Il doit ne manquer de rien et trouver ce dont il a besoin.

Pourvu que le soleil nous arrive vite maintenant. Un peu de douceur serait la bienvenue.

Vrai, je me réjouis de le savoir bientôt parmi nous. Le temps ne sera plus bien long, dorénavant. Les onze années sans lui vont se refermer. Bien sûr, je n'oublie pas qu'il n'est pas bien portant mais nous saurons prendre courage et patience.

Je l'attends.

Vendredi 11 juillet,

Hélas, son désarroi ne faiblit pas. La lettre que je reçois aujourd'hui est empreinte de tristesse et de nostalgie, de souffrance et de récriminations, de désespérance et d'abdication. Arthur se lamente sur sa motricité perdue, sur son existence de cul-de-jatte. Il regrette ses voyages d'antan, les terres qu'il a arpentées, les sols qu'il a foulés, les paysages qu'il a scrutés, les soleils qui l'ont brûlé. Il dit la douleur qui est son lot quotidien, le bout de jambe qui enfle, les abcès qui surgissent, que nul ne lui explique, dont nul ne se préoccupe. Il se plaint de l'indifférence de ses médecins, de leur suffisance et de leur insensibilité. Il prétend qu'il ne guérira pas, qu'il ne guérira plus. Il redoute de n'être plus qu'une charge, un boulet qu'on traîne. Il lui faut renoncer à tout. Il prétend même devoir renoncer au mariage qu'il envisageait pour cet été !

Voilà bien Arthur, qui n'a jamais conçu de prendre femme, qui, à bientôt trente-sept ans, ne nous a jamais entretenues d'aucune aventure féminine et qui m'explique qu'il serait empêché de s'unir ! J'aimerais tant croire à cette histoire d'épousailles. Mère et moi avons tant nourri l'espoir qu'il rencontrât une bonne et belle personne, qui aurait fait une épouse aimante et douce et attentionnée. Mais non, il lui fallait l'Afrique, les espaces interminables, la frénésie du commerce, et une solitude renfrognée. Il est bien tard maintenant pour se préoccuper de noces. Que n'y as-tu songé avant ! C'est bien toi, toi seul, qui as construit ton malheur, quand le bonheur était possible. Ne va pas te moquer de moi avec tes fariboles. Je te connais, ne t'y trompe pas, même si je n'ai pas croisé tes yeux depuis longtemps, même si j'étais une très jeune fille lorsque tu m'as abandonnée. Je me souviens de ta jeunesse, de son désordre, du tourment qu'elle nous a causé, même si nous n'en parlons jamais. Je mettrai donc tes affabulations sur le compte de ton délire et de ton affliction. Je ne t'en veux pas, ne te méprends pas. Je t'aime. Je t'aime parce que je suis de ton sang. Mais admets que tu te seras acharné à nous faire bien des misères.

Lundi 14 juillet,

Le défilé était beau, ma foi. Je les contemplais, nos militaires avec leurs uniformes soigneusement repassés, leurs casques rutilants, leurs boutons dorés, leur regard tout droit, leur marche assurée, leur fierté et leur solennité. J'écoutais la musique qui les accompagnait, ces chants martiaux, ces trompettes glorieuses et ces sonneries déchirantes, et le bruit saccadé des pas sur le pavé. Le ciel était avec eux, qui s'était paré de bleu. Et la foule était attentive et respectueuse. Dans le cortège, j'ai remarqué un soldat, arrêté à ma hauteur. Contre toutes les conventions, il a tourné la tête vers moi et m'a observée. Puis, quand le cortège s'est remis en branle, il a, à nouveau, fixé la nuque de celui qui le précédait. Il s'est éloigné, sans espoir de retour. Je ne l'ai pas revu. Ce soir, je pense à lui, moi qui ne pense pas aux hommes. Le soldat aux yeux clairs a la saveur étrange d'une faute non commise. D'un regret.

Mardi 15 juillet,

Ce n'est pas difficile à confesser : je ne suis la femme d'aucun homme. Je suis celle que nul n'a touchée. Parfois, un paysan rougeaud me dévisage, mais il finit par passer son chemin, découragé par mon indifférence ou par la disgrâce de mes traits. Toutefois, un voisin m'a demandée en mariage, il y a huit ans. J'ai jugé préférable de décliner sa proposition. C'était un individu de peu de religion et de peu de bien. Je serai peut-être à jamais la vierge des Ardennes. Je ne m'en plains pas. Si je dois m'endormir seule, jusqu'à la fin de mes jours, dans le froid de la ferme, c'est que tel était mon destin. Il n'y a pas à s'y opposer.

De toute façon, je sais que je n'ai pas le genre qui plaît aux hommes. Ma poitrine est creuse. Quand j'ai terminé ma toilette, je vois la marque rouge laissée par le gant de crin sur la peau presque

37

transparente, sur la carcasse osseuse entre mes seins trop maigres. Mon visage, lui, est d'albâtre. Dans le miroir, je ne peux pas rater cette blancheur de cadavre. Le sang ne me monte aux joues que dans l'effort, car je suis une fille laborieuse, appliquée à la tâche, je ne manque pas de courage. Mes bras sont d'une paysanne, presque potelés. Mes épaules sont rondes.

Peu m'importe, à la fin, qu'on ne me regarde pas avec du désir. Je ne suis pas de celles qui s'offrent.

On prétend que je suis têtue et souvent méfiante. Certains vont jusqu'à colporter que je suis froide et compassée : je crois que c'est exagéré. Je suis toutefois disposée à admettre la froideur et la ténacité, que je tiens de ma mère. Elle est un être de silence. C'est son état, le silence. Elle est capable de passer des journées entières sans rien dire, sans prononcer le moindre mot. Le mutisme n'exige pas d'efforts pour elle. C'est parler qui lui est difficile. Elle s'est tue, il y a longtemps. Elle s'est tue quand le Capitaine est parti, une fois pour toutes, après s'être lassé de lui faire des enfants à chacune de ses permissions (les permissions d'hiver pour les garçons, celles d'août pour les filles). Elle a perdu l'usage de la parole. Elle ne s'en porte pas mal.

J'ai le caractère plus doux que le sien mais j'ai son maintien. Comme elle, je noue mes cheveux en chignon au moyen de peignes de cuivre.

Les femmes sans hommes savent se tenir.

Mercredi 16 juillet,

Tout de même, quelquefois, les soirs d'une solitude trop lourde, quand les draps sont rugueux à mon corps inviolé, du tréfonds de mon ventre montent des convulsions intimes, des crampes qu'il me faut calmer. Je laisse alors mes doigts s'agripper à mes hanches et plonger là où la peau s'entrouvre, sur cette blessure jamais effleurée, cette entaille jamais approchée et j'invente la figure de celui que j'autoriserais à s'en emparer.

Samedi 19 juillet,

Des heures vides, comme s'écoulant dans une expectative. Le temps ralenti, comme suspendu à un événement devant advenir. Un silence irréel, comme avant les cataclysmes.

Lundi 21 juillet,

Il sera parmi nous dans deux jours. Il me l'annonce dans une courte lettre. Il ne supporte plus l'hôpital et il a pris la résolution de traverser la France, avec sa jambe en moins et ses douleurs qui ne le lâchent pas, afin de nous rejoindre. J'irai l'attendre à la gare de Voncq.

Je devrais être la plus heureuse des femmes et cependant ma tristesse est grande. Car je n'oublie pas que je vais accueillir un estropié, un grand malade. Comment étreint-on un individu qui ne sait pas tenir debout sans béquilles ?

Il me faut aussi admettre que mon appréhension prend sa source ailleurs : Arthur va-t-il me reconnaître ? J'étais si jeune quand nous nous sommes vus pour la dernière fois. De ma jeunesse, j'ai conservé la minceur mais mes contours se sont tout de même un peu alourdis et mes traits ont vieilli. Arthur a quitté une adolescente et c'est une vieille fille qui lui est redonnée. Le temps a passé sur moi, comme il passe sur nous tous. Et, dans ce pays funèbre, les années comptent double.

Moi, je le reconnaîtrai. Immanquablement. Il pourrait avoir perdu son visage, son corps, je saurais que c'est lui sans hésitation. Les yeux ne peuvent pas avoir changé. Les yeux sont les miens, ceux de notre père. Et l'allure, ça ne s'égare pas. La fierté, l'insolence, cela demeure inentamé, j'en suis persuadée.

Et puis j'ai déjà vu mon frère réapparaître dans un état désastreux. C'était le printemps de 1873. Je n'avais pas douze ans. Il en avait dix-huit. Il ressemblait pourtant à un vieillard, incapable de se tenir debout, décharné, presque famélique. Il nous avait quittés plusieurs semaines auparavant. Il s'était affranchi, une fois encore, de l'emprise de notre génitrice. Il s'était désenchaîné. Il avait fui la désolation de Roche, la mort lente des Ardennes pour regagner Londres, bruyante, vibrionnante, métissée. Il avait mené là-bas une existence de splendeur et de monstruosité. Il s'était mesuré à la démesure de Londres, à son tourbillon de boue, son grouillement, ses races mélangées, ses prêcheurs, ses orphelins, ses clochards, tout un bétail de la misère. Hélas, il s'était aventuré du côté des docks, sur les quais disparus dans le brouillard et dans les

40

fumeries de l'East End. Il avait arpenté des rues infectes qui proposaient des plaisirs faciles. Il avait fréquenté aussi, et plus que de raison, des pubs malfamés, des bouges impossibles qui étaient autant de lieux de perdition. Et il nous était revenu, lamentable, pouilleux, la mine défaite, le corps vacillant. Ses pommettes étaient rouges, ses mains agitées d'affreux tremblements, ses yeux perdus dans le vide. Il s'enflammait parfois avant de plonger dans une apathie effrayante. Il faisait de grands gestes puis s'écroulait sur son lit. Il hurlait des insanités puis retombait dans un mutisme inquiétant. Il prononçait des phrases incompréhensibles et des borborygmes presque inaudibles. Il réclamait du vin que nous lui refusions. Nous avions caché toutes les bouteilles, fermé à double tour tous les placards et dissimulé les clés. Nous nous étions montrées intraitables, insensibles pour le sevrer, pour le désintoxiquer. C'était plus facile pour ma mère, que cet éthylisme révoltait. Moi, j'aurais aimé être en mesure de calmer ses crises, ses furies, de ranimer ses comas, mais je ne faisais aucun geste, empêchée par la mère de témoigner la moindre mansuétude. Il y avait là de quoi frapper une enfant de douze ans.

Car imagine-t-on l'effet que peuvent produire de tels débordements sur une fillette, empêtrée autant que réfugiée dans les jupons maternels, redoutant un mouvement irréparable et espérant, contre l'évidence, que tout finirait par redevenir normal ?

Pas de doute, Arthur m'a appris très tôt l'effroi, l'épouvante, la stupeur. Je saurai donc me débrouiller avec ce qui m'attend. J'y suis préparée depuis l'enfance.

Mardi 22 juillet,

J'ai aménagé la chambre du premier étage, ainsi qu'il me l'a demandé. J'ai mis des draps propres, rangé du linge frais dans l'armoire, confectionné des sachets de lavande, passé un peu de cire sur la commode et un chiffon sur la table de chevet, arrangé les napperons, brossé les rideaux, secoué le tapis à la fenêtre. Et puis j'ai apporté des fleurs. Oui, j'ai disposé des tournesols dans un grand vase. Le jaune des tournesols, ce sera de la lumière dans cette pièce basse et sombre. Ainsi, tout est prêt pour l'accueillir.

Mère observe mes efforts avec distance, et peut-être un rien de dédain. On dirait qu'elle ne souhaite pas se mêler de ça, ces préparatifs qu'elle juge sans doute déplacés. Pourtant, c'est son fils qui sera là demain. Son fils exilé, enfin de retour. Son fils impotent, qui aura besoin d'elle. Son fils martyr, qui s'est tué à la tâche en Afrique. Son fils renégat, qui vient de traverser quinze années de repentir. Le seul de ses fils qu'elle consente encore à recevoir. Elle devra donc surmonter sa légendaire réserve. Sans quoi, nous allons au-devant de désastres.

Mercredi 23 juillet,

Il fait froid comme en plein hiver. C'est ce froid qui saisit Arthur en premier, lorsqu'il descend sur le quai de la petite gare de Voncq. C'est ce froid qui le glace jusqu'aux os, qui fait courir le long de son échine des frissons qui le désarticulent. Il est vrai qu'il a perdu l'habitude des étés français : voilà trop d'années que ses saisons à lui sont torrides, blanches et sèches. Mais il y a plus : dans ce monde à l'écart du monde, il est indéniable que tout semble plus ténébreux, plus humide. La lumière est sale et les ciels sont lourds. Des obscurités cavalent sur les flancs des collines, s'installent au creux des vallées. Même le fleuve est noir. L'été, ça n'existe pas. Le soleil, ça n'existe pas. Il n'y a que la pluie, le plus souvent, et une sorte de grisaille sur tout. Les peupliers plient sous le vent. Arthur s'avance comme un spectre au milieu de ce théâtre d'ombres.

Je l'attends au bord des rails, je tends le cou pour l'apercevoir, je me suis composé un sourire, je crois que ce sourire me défigure quand je finis par reconnaître sa silhouette. Je vois le corps morcelé, soutenu par des béquilles, j'imagine le calvaire qu'a dû représenter son voyage depuis Marseille dans des trains de fortune. Je cours à sa rencontre. Je conserve le faux sourire, les yeux qui brillent.

J'embrasse son visage de mes deux mains. Ses bras restent accrochés aux béquilles. Nous n'échangeons pas un mot.

Plus tard, j'aide le préposé aux bagages à charger ses valises dans notre carriole. Arthur se tient derrière moi, en retrait, grimaçant, je le sais sans le voir. Je tente de lui dissimuler mon affolement. Lui demeure plutôt calme au milieu du désordre, de l'agitation. Moi, je lutte pour ne pas m'évanouir. Quand il s'agit de le hisser dans notre véhicule, le jeune homme de la gare fait appel à du renfort. C'est trop pour lui seul.

Arthur croyait avoir tout oublié mais tout lui revient « en une seule seconde », m'assure-t-il. Dans le soir, il reconnaît les façades des maisons rongées par le lierre, les murs dressés comme des remparts, les toits identiques à l'infini et, au-delà de l'enceinte de la cité, la forêt où il s'est si souvent perdu et où planent les fantômes de son passé.

Tout au long du trajet de retour, il ne parle presque pas mais chaque son qui émane de lui me bouleverse absolument. Il faut dire que j'étais certaine tout autant qu'accablée d'avoir égaré sa voix. Je l'avais cherchée vainement si souvent, exténuée par la vanité d'une telle quête, dévastée par mon impuissance. Et voici qu'elle m'est redonnée, cette voix, et qu'elle annule la disparition de mon frère. Son accent, ce vibrato adolescent, ce grésillement doux des cordes vocales, l'intonation, je les retrouve intacts et il me vient des tressaillements à seulement les entendre car ils me ramènent des années en arrière. J'en occulterais la charpente usée, l'apparence fatiguée, tant cette voix est empreinte de jeunesse, tant elle dément la vieillesse prématurée. Tout à coup, il me semble avoir quinze ans. Mais il suffit que j'aperçoive la cuisse amputée pour me rappeler que le temps a bel et bien exercé sa besogne.

Lorsque, de la carriole, Arthur aperçoit notre maison, les fenêtres qui découpent des rectangles de lumière jaune dans la nuit, il regrette que la porte d'entrée soit close et que notre mère ne se tienne pas là, debout sur le seuil, à l'attendre. La porte reste obstinément close tout le temps que durent les efforts qu'il me faut déployer pour seulement l'extraire de la voiture. Aucune nouvelle lumière ne vient s'étendre sur le gravier devant notre ferme. Je ne manque pas de remarquer l'œillade oblique de mon aîné et son espoir impatient. Tandis que je m'échine à décharger les malles, je prie Dieu que cette satanée porte finisse par s'ouvrir, en vain. Notre mère est issue d'une famille où on ne fait pas étalage de ses sentiments.

Lorsque nous la rejoignons enfin dans la maison, elle est assise à la cuisine, derrière une table de bois noir, éclairée d'une bougie presque entièrement consumée, et où ne traîne pas même un morceau de pain. Elle roule un mouchoir entre ses mains.

Jeudi 24 juillet,

Arthur fouille dans une de ses malles, et moi je suppose qu'il y cherche un vêtement. Pourtant, ce sont apparemment des bibelots qu'il en extrait, quatre bibelots, chacun enveloppé dans du papier journal, et qu'il me tend.

D'abord, je ne comprends pas ce geste qu'il fait vers moi. Je pense qu'il sollicite mon aide, qu'il me demande de m'acquitter d'une tâche quelconque, que le papier tire-bouchonné protège des objets dont il va avoir l'usage. Mais non, il me prie de les garder. « C'est pour toi. » Il y a ces mots, prononcés par Arthur, ces mots qui sont les plus simples, et qui, dans mon esprit, d'un coup, trahissent, sans démonstration, la fraternité, un lien venu du plus loin.

Je déroule le papier et je découvre des fioles. Du Harar, Arthur m'a rapporté du parfum. Cette attention inattendue pourrait presque me faire pleurer.

Et je n'ose pas les ouvrir, les fioles, encore moins les manipuler. Je les garde entre les mains et j'ai peur qu'elles ne se brisent et je ne trouve pas les phrases pour dire merci et je voudrais que l'instant de ce cadeau se prolonge, qu'il dure encore, et je me retiens de pleurer. C'est comme une maladresse, un recueillement.

Mais le naturel reprenant vite le dessus, voilà que mon frère me houspille. Il se moque de mes minauderies, de mon rougissement. Il me lance que, plutôt que de conserver mes flacons jalousement, je ferais mieux de m'en mettre, de ses parfums. Que cela éloignerait peut-être, pour un jour, pour une heure, l'odeur de mort, de putréfaction, de corps en décomposition qu'on respire dans cette chambre de mourant. Alors, les larmes surgissent pour de bon. Je les sens sur le rebord de mes yeux. Il ne faut pas qu'elles coulent. Il faut montrer du courage.

Je finis par lui demander si ce parfum qu'il m'offre, c'est celui de l'Afrique. Il me répond qu'en effet, c'est ce qui le rapproche le plus de cet ailleurs qu'il s'est résigné à quitter, et que c'est dans les senteurs qu'il retrouvera désormais son paradis perdu. Puis il détourne le visage contre l'oreiller de son lit. Ses yeux restent grands ouverts. Il part où je ne puis aller. Il part dans les contrées enfermées dans mes fioles.

Dans le silence de son absence, pense-t-il aussi aux trois bocaux que Paul Verlaine contemplait pendant son enfance, qui contenaient les fœtus de ceux qui l'avaient précédé dans le ventre de sa mère et n'avaient pas vécu ? Arthur m'a raconté qu'un jour Verlaine avait détruit ces bocaux dans un accès de rage, afin qu'ils disparaissent de sa vue et d'en terminer une bonne fois avec l'enfance et ses traumatismes.

Les ampoules du Harar renferment-elles le temps

perdu ? Celui que même un génie ne lui redonnerait pas, s'il lui prenait l'envie de les frotter.

Notre grand voyageur a également rapporté une couverture en étoffe d'Abyssinie, un tissu doux, chatoyant et bigarré, « pour qu'il pénètre un peu de clarté entre ces murs ». Il me conjure de ne surtout pas la ranger dans une armoire, « ce n'est pas une relique », mais de l'étendre au pied de son lit. « Que cela éclate. » Je m'exécute puisqu'il n'est pas question d'aller à l'encontre de ses désirs. Je considère pourtant que cette cotonnade a quelque chose d'un peu inconvenant dans une maison comme la nôtre et qu'il convient toujours de préférer la discrétion à l'ostentation. Mais je n'oublie pas les fureurs de mon frère, qui nous ont fait tant de mal : je ne ferai rien qui puisse les réveiller.

Il se remémore avec précision le lieu où il s'est procuré l'étoffe : une baraque en bordure du désert. Le tissu a la douceur du sable chaud qui filait entre ses doigts maigres. Et, tout à coup, il évoque le sable sous ses pieds qui s'y enfonçaient. Quelquefois, il était brûlant au point de rendre toute marche impossible les pieds nus. Il lui fallait enfiler des savates de cuir, dont les lanières s'enroulaient autour de ses chevilles. Il observait avec stupéfaction ses noirs compagnons qui, eux, persistaient à aller peau nue, sans paraître ressentir le moindre échauffement, sans contracter la moindre ampoule, la plus petite cloque. Lui, il cuisait, et eux avançaient avec aisance et tranquillité. Lui risquait l'insolation quand eux regardaient en direction du soleil, sans peur.

Ici, à Roche, le carrelage est froid et il hésite à s'extraire de son lit, ne voulant pas risquer que cette sensation de froid n'engourdisse la seule jambe valide qui lui reste.

Il se rappelle que, face au soleil, il tenait encore sur ses deux jambes.

Vendredi 25 juillet,

Nous n'avons prévenu personne de son retour. Personne ne sait qu'Arthur est parmi nous. Personne.

Je suis persuadée qu'il n'est pas enclin à revoir les faces ravagées par la vieillesse de ceux qui ont accompagné ses jeunes années, leurs mines rougeaudes et contrites, leurs carcasses alourdies par l'embourgeoisement paysan, ni à écouter leurs souvenirs faussement affectueux, leurs éclats de rire trop appuyés, cette vulgarité des médiocres. Tout cela lui ferait horreur, n'en doutons pas. Mais Frédéric, tout de même... Notre propre frère. Maintenu à l'écart, interdit d'apprendre qu'Arthur se trouve à quelques kilomètres de lui seulement, empêché de venir l'étreindre ! Mère l'a ordonné. On ne va pas contre ses ordres. J'ai bien essayé de discuter, de la fléchir : elle n'a rien voulu entendre, elle s'est enfermée dans son refus, elle n'est pas revenue sur sa décision d'excommunication. Arthur ne me fait pas remarquer cette absence, il ne pose aucune question à propos de Frédéric mais je devine qu'il a tout compris. Il ne demandera rien. Il n'est pas ici pour des retrouvailles, c'est patent. Et puis quémander n'est pas exactement son genre.

Mieux : il est charmant. Il sourit aujourd'hui, ne gémit pas, se montre plein de bonne volonté et d'entrain. Il nous sert même des plaisanteries. Comme si de rien n'était. Comme s'il n'y avait pas ce moignon sanguinolent dont nous devons refaire le pansement toutes les quatre heures. Comme s'il n'y avait pas le visage figé de la mère, le silence vertigineux de la ferme de Roche. Du reste, Mère paraît se méfier de la bonne humeur que manifeste son fils. Elle y voit, j'en suis convaincue, un de ses nouveaux mauvais tours.

Mais s'il tourne le plus petit événement en dérision, n'est-ce pas parce que l'ironie est le seul moyen à sa disposition pour tenir à distance la Faucheuse qu'il aperçoit peut-être, la nuit, dans le repli des rideaux de sa chambre ? En tout cas, cet optimisme dérangeant qu'il nous impose réussirait par instants à nous faire oublier qu'on veille un malade dont la rémission est loin d'être acquise. La bonne nouvelle, c'est qu'il met un peu de lumière et de chaleur dans notre maison, habituellement sombre et froide. Il est un peu de ce soleil qui, d'ordinaire, ne parvient pas à traverser les carreaux, de ce blanc et bleu du ciel qui devient immanquablement gris sur notre carrelage, de cette douceur du dehors qui se transforme en humidité dès le pas de notre porte franchi.

Samedi 26 juillet,

Sa bonne humeur n'aura pas duré. Il annonce qu'il ne supporte pas d'être confiné dans sa chambre et qu'il entend prendre l'air, retrouver les monts, les champs, les arbres, les ruisseaux. Je vois bien, en effet, qu'il se lamente entre ses quatre murs, qu'il passe des heures à lorgner par ses fenêtres. Je lui prépare donc la carriole et je m'installe à ses côtés.

Ce ne sont plus des chevauchées qui lui sont promises, plus des échappées, plus d'infinies flâneries au gré des chemins, des détours, des fossés. Juste une aimable promenade au pas lent des chevaux. L'air vivifiant lui pique les joues. Il écoute les bruissements que font les feuilles aux branches qui frémissent. Il respire l'odeur de l'herbe fraîchement coupée. Il sent le vent léger et les rais du soleil effleurer son visage. Nous ne nous écartons pas de la route. Sa jambe valide bringuebale à l'extérieur de notre véhicule pendant que sa jambe de bois s'arrime au plancher.

Dans ces instants, rattrape-t-il l'enfance pour de bon, les belles sensations de l'enfance et sa merveilleuse vacuité, les doux souvenirs de ses fugues qui nous causaient à nous tant de tourments, la légèreté et l'insolence, la liberté et l'insouciance ? Ou bien tout cela n'a-t-il qu'un goût de cendres ? Les larmes que j'aperçois au coin de ses yeux, qu'il efface d'un geste brusque lui viennent-elles de sa mémoire ou du moment présent ?

Nous croisons des cultivateurs qui ne le reconnaissent pas, qui se demandent qui est ce jeune vieillard qui ne les salue pas, qui affichent une moue presque inquiète, souvent hostile. Ils ne manquent pas de remarquer le burnous qu'il a rapporté de ses terres d'Afrique comme on rapporte des souvenirs, et qu'il arbore telle une provocation. Ils observent aussi son teint hâlé, les traces de soleil sur sa peau. Ils s'indignent sans doute de son air renfrogné, peut-être méprisant. Ils finissent par entrevoir son atrophie, ce substitut de jambe qu'on a accroché à son moignon, et ils en viendraient presque à regretter leur irritation. Quand ils me reconnaissent, moi, ils sont enfin capables de donner une identité à ce fantôme. Mais leur compassion vient trop tard. Et leur dégoût, de toute façon, l'emporte sur tout le reste.

Il prétend qu'Attigny n'a pas changé. Que c'est stupéfiant comme les choses demeurent à leur place, comme le temps n'a pas de prise par ici. Tout est exactement comme avant. Les dix années de son absence n'ont rien modifié en profondeur. Elles ont seulement amoindri, effacé, poli. Elles n'ont rien apporté de neuf. Il n'est rien advenu, qu'une sorte d'embaumement.

Au creux d'une vallée, j'aperçois la viduité et la fixité de son regard et je mesure qu'il ne m'écoute plus tandis que je lui donne des nouvelles de notre pays. Alors je comprends que son esprit s'en est allé vagabonder dans un sous-bois que nous longeons. Dans sa tête, Arthur est parti à la recherche du jeune soldat fauché par les balles ennemies lors de la guerre absurde que la France avait eu la curieuse idée de déclarer à la Prusse. Se retrouve-t-il face à face, encore une fois, avec son cadavre comme si on n'avait touché à rien ? Avec son beau visage d'enfant, ses épaules larges, ses joues lisses et sales, son corps trop maigre dans la position de l'abandon ? Y a-t-il encore ce calme indépassable, ce silence énorme, cette effrayante sérénité, ce sommeil trompeur ? Ou bien se heurte-t-il au spectre du jeune homme, à ses ossements putrides ? Le visage est-il devenu une carcasse d'os noirs ? Les yeux ont-ils disparu dans le trou sombre des orbites creuses ? Les jambes sont-elles désormais enroulées par le lierre, englouties par l'humus ? Lorsque

Arthur revient enfin à lui, il me glisse simplement :
« J'ai laissé un frère, ici. »

Cette phrase, cette phrase terrible, la prononcerai-je, bientôt, à mon tour ?

Ses terres qui sont les siennes, les a-t-il quittées, un jour, ou l'ont-elles quitté ? Lequel s'est séparé de l'autre ?

Je n'occulte pas combien il a souhaité partir. Combien son aventure personnelle a été, avant tout, marquée par les départs, par l'exil. Au fond, il n'a jamais rien fait d'autre qu'échapper à l'enfance, à la pluie, que se perdre dans des contrées lointaines, sous des soleils écrasants, dans une poussière tourbillonnante. C'est lui qui a rompu tout lien.

Mais, pour autant, qui lui a donné l'envie de rester ? Qui l'a retenu ? Personne, assurément. On l'a chassé, bien plutôt. On l'a poussé vers le dehors à force de le censurer, de le rabougrir, de le ratatiner, de le racornir.

S'il n'était pas parti, sûr qu'il serait mort.

Aujourd'hui, il paraît regarder le monde qui l'entoure avec les yeux de l'enfant trahi, qui n'a rien oublié, et qui ne pardonnera pas.

Dimanche 27 juillet,

Je me rends à la messe, à l'office de huit heures. La minuscule église de Chuffilly est pleine. C'est que nous sommes de bons chrétiens par chez nous. J'observe l'assemblée, fervente et unie dans la prière. J'observe les visages usés par les années, creusés par la dureté de notre climat, indissociables à la fin puisque tous les visages se ressemblent dans la vieillesse. J'observe les femmes et les hommes, leur missel entre les mains, leur raideur sous le sermon. J'observe ce peuple silencieux et rugueux. De toutes mes fibres, je me sens de ce peuple-là.

On nous appelle les petites gens. C'est une expression qui me remplit de fierté. On nous reproche parfois de ne guère aller vers les autres, de demeurer cloîtrés dans nos enclos, mais nous ne sommes pas gens méchants. Sait-on la détresse qui gît en nos cœurs, et la crainte de Dieu, où nous vivons ? Sait-on les efforts déployés, saison après saison, pour que la terre nous nourrisse ? Nous ne méritons pas le mépris des bienheureux.

Je ne néglige pas qu'Arthur, le premier, a craché sur nous, dans sa jeunesse. Qu'il crache sûrement encore, en se dissimulant, en tournant la tête de côté. J'en éprouve une vilaine douleur, peut-être un ressentiment dont je ne m'ouvre pas à lui. Il lui est arrivé de confondre l'insolence et l'arrogance, le sarcasme et la cruauté.

Sur le parvis, je croise Sidonie Albinier. Ses mains ne sont plus très sûres mais elle a encore très bien joué aujourd'hui et les accords de son orgue, s'ils ne sont pas toujours justes, sont toujours déchirants. À ma grande surprise, elle me demande des nouvelles de mon frère : je ne lui savais pas tant de hardiesse. Je ne lui réponds que par un regard triste et lourd, mais qui lui suffit. Il n'est pas besoin de parler beaucoup pour se comprendre. Et je la vois, empruntant le chemin sinueux qui conduit au cimetière. Elle va changer les fleurs de son défunt.

Lundi 28 juillet,

Tout mouvement lui est une épreuve. La fièvre qui avait été contenue jusqu'ici a brutalement augmenté ces deux derniers jours. Il est impossible à Arthur de s'extraire de son lit. Il passe la journée, entortillé dans ses draps, tremblant de fatigue ou glacé de sueur. Ses cheveux sont collés à ses tempes. Ses joues suintent. Sa bouche est pâteuse. Son torse est luisant. Le long de ses bras, ses veines ont grossi. Ses gestes sont ralentis. Parfois, comme pour lutter contre ce marasme, le corps est remué par une secousse. Son moignon le fait souffrir. Il faut changer son pansement plus souvent. Je dépose un linge humide sur son visage pour tenter de faire tomber la fièvre. Nous avons fait appeler le bon docteur Beaudier, d'Attigny. Il a été frappé par son état, même s'il n'en a rien laissé paraître devant notre malade. Il nous a conseillé de continuer à lui administrer de la morphine. Il affirme que seul le temps, qui est son meilleur allié, peut le guérir et il nous invite à nous montrer patientes. Nous le croyons. Nous ne pouvons pas faire autrement.

Bien sûr, je m'en veux. Je suis convaincue que notre escapade de samedi est la cause de ses malheurs. Une telle excursion à seulement quelques jours du long voyage qu'il a dû effectuer depuis Marseille, c'était une folie. J'aurais dû m'en douter. Mais j'étais si heureuse de constater qu'il semblait aller mieux et je tenais pour une riche idée de lui faire respirer le bon air de nos campagnes. Sotte que je suis ! Je pourrais me battre.

Arthur, lui, prétend que c'est l'insupportable humidité de cet été hivernal qui augmente sa torture, que le froid s'insinue dans son membre estropié, que la pluie creuse son sillon entre les chairs de son moignon, que l'eau s'infiltre à travers les compresses sanguinolentes.

Notre mère, elle, ne fournit pas d'explications. Elle se tait. Pourtant, dans sa résignation affichée si ostensiblement, je devine qu'elle attribue son affaissement au mal qui s'est emparé de lui. Elle est persuadée, même si elle ne le reconnaîtra jamais, que l'amputation n'a pas permis d'enrayer la progression de la maladie, que la gangrène se développe en métastases qui s'accaparent progressivement tout son organisme. C'est bien dans son genre de ne nourrir aucun espoir, d'imaginer toujours le pire, de ne croire en aucune rémission, aucune guérison possible.

Par moments, la douleur est si vive qu'il est obligé de serrer les draps entre ses dents, de frapper du poing contre le matelas, de m'appeler au secours en hurlant. La morphine fait rapidement effet. Il retombe alors dans une étrange apathie. Je le vois qui observe son moignon du coin de l'œil. Il se demande, et moi avec lui, ce que seront les prochaines épreuves.

Mardi 29 juillet,

Malgré son épuisement, cette fatigue immense qui le fait vaciller, lui donne le vertige même sur le rebord de son lit, trouble sa vue, gonfle ses paupières, brûle ses cils, aggrave encore l'extrême faiblesse de tout son corps, il ne parvient pas à trouver le sommeil. L'obscurité ne lui apporte pas l'endormissement, une rémission. Il persiste à demeurer éveillé, les yeux ouverts sur le noir. La nuit, par la porte entrebâillée, j'aperçois l'éclat terrible de son regard luisant.

Ce matin, la douleur dans son bras continue de le lancer. Et c'est ce matin précisément qu'il choisit de rédiger un courrier à l'attention d'un de ses associés resté en Abyssinie. Du coup, l'exercice lui est des plus douloureux. Je le vois qui s'accroche à la plume, qui s'oblige à l'écriture. Il veut que l'écriture l'emporte sur la douleur, qu'elle soit la plus forte. Il veut que rien n'empêche les mots, que rien n'aille contre eux. Les mots sont du côté de la vie, voilà ce qu'il doit penser. Comme à seize ans.

Pourtant, il est à peine capable de maîtriser le mouvement de son poignet, le repliement de ses doigts sur la plume, la pression de l'index et du pouce, comme si une tige en métal traversait l'entièreté de son bras, dans sa longueur, depuis l'épaule. Il lui est presque impossible d'accomplir le moindre geste sans produire aussitôt une hideuse grimace, un effrayant rictus.

J'observe les lettres qu'il forme sur la feuille que je lui ai apportée. Même déformées par d'affreux tremblements ou une paralysie momentanée, je les reconnais. Je reconnais les « d » qui s'enroulent dans un mouvement tarabiscoté vers l'arrière, les « t » qui figurent des croix attendant leurs crucifiés, les « e » qui dérapent lorsqu'ils terminent un mot, les accents qui paraissent des plaies qui saignent, la ponctuation qui est une violence, les soulignements qui traduisent une insistance, une impatience, les majuscules auxquelles il restitue leur majesté. Je reconnais l'intonation de sa voix dans le rythme de la phrase. Comme j'écoute sa respiration dans la distance entre les mots.

Lorsqu'il achève son courrier, je prends sa main droite entre mes mains, je la tiens longtemps, je tente, en vain, de calmer les cruels soubresauts.

Il faut se rendre à l'évidence : en réalité, il perd l'usage de son bras. Le mal qui le terrasse est l'allié du silence.

Ses mots griffonnés sur cette missive sans chaleur qu'il destine à un négociant français installé en Afrique et que je m'en vais déposer à la poste d'Attigny ressemblent, à s'y méprendre, à ceux que nous recevions lorsque lui-même vaquait à ses occupations marchandes de l'autre côté de la mer. Des directives, des considérations de camelot, des récriminations. On peinerait à y déceler une trace d'affect. Mais où se sont donc perdus les vers d'antan ?

Je sais qu'évoquer cette tocade adolescente, c'est soulever un tabou dans notre famille. Cependant, comment ignorer tout à fait qu'Arthur a fait, un jour, de la poésie ? Il allait sur des routes incertaines, sur des chemins boueux, dans le froid et la faim au ventre, mais il voyait le soleil. Il allait crotté et misérable, ses poches étaient crevées mais il se prétendait le plus riche des hommes. Il allait, insouciant et léger, au hasard, il cherchait l'extase dans la fugue et, dans le même temps, portait des deuils écrasants, éblouissants. Il allait, guidé par des fulgurances, où nul autre n'était allé avant lui, et il flottait au-dessus des abîmes. Les mots lui venaient sans qu'il les commande. C'est lui qui l'assure, et, moi, je le crois. Que reste-t-il de tout cela ? Des cendres froides.

Jeudi 30 juillet,

J'ai hésité un peu avant de proposer à Arthur que nous feuilletions ensemble l'album de photographies de notre enfance. Je sais combien toute nostalgie le rebute et je redoute que cette évocation de nos jeunes années ne fasse qu'aggraver chez lui la sensation du temps enfui, qui ne se peut reconquérir. Je crains aussi que ce retour au passé ne rende plus pénible encore la réalité de son présent. Si je me lance pourtant, si je dépose le vieil album sur les draps propres du lit que j'ai refait alors qu'il se débarbouillait, c'est parce que je crois que le souvenir du bonheur ne fait de mal à personne.

On ne saurait à proprement parler d'album. Il s'agit plutôt d'un amas de clichés jaunis rangés dans une chemise de papier brun, d'images rongées par l'humidité, pourries sur les côtés, pour certaines d'entre elles. Sur celles-là, on dirait que la pourriture s'est attaquée aux visages, qu'elle les a dévorés. Les clichés ne sont pas datés, pas ordonnés. Aucune chronologie n'est respectée. Ce désordre, cette moisissure, le temps en est responsable, bien sûr. Mais qu'avons-nous fait, nous autres, pour nous y opposer ?

Arthur s'étonne de mon goût pour l'« exhumation des cadavres ». Et puis il part d'un rire gigantesque. « Mais non, nous ne sommes pas morts, Isabelle.

Ne fais donc pas cette moue. Je plaisante. » Voilà, Arthur plaisante sur notre jeunesse perdue.

Son attention est soudain retenue par un portrait dont il paraît avoir égaré jusqu'au souvenir. Ses yeux parcourent l'image sans la reconnaître du tout. Comme s'il s'agissait d'une scène étrangère à lui, tout à fait extérieure, alors qu'il ne fait pas de doute qu'il a bien été cet enfant posant devant l'objectif. Et cet autre, qui se tient à ses côtés, ce double si dissemblable, c'est bien Frédéric, le frère aîné, qui lui non plus ne possède plus rien aujourd'hui de ce garçonnet craintif, soumis au regard du photographe.

D'ailleurs, qui était-il, ce photographe ? Un vieillard digne, avec une barbe délicatement taillée, des mains très fines, des gestes appliqués, presque efféminés, une suavité chevrotante ? Un pourceau sans âge et rougeaud, qui aimait à faire rebondir les enfants sur ses genoux graisseux, contre son gros ventre ? Un jeune homme débutant et gauche, un peu distrait, mais avec un éclat dans les yeux, comme s'il tentait de voir au-delà des seules apparences ? Aucun de ceux-là, vraisemblablement. Tout effort de mémoire est vain.

Arthur suppose qu'il leur a fallu attendre, qu'on leur a interdit de bouger, puis qu'on les a priés de sourire. Il est certain, en revanche, que c'est la mère qui a eu l'idée d'une telle séance. Elle devait estimer qu'il s'agissait là d'un des passages obligés du plus jeune âge, d'un de ces rites auxquels il était impensable d'échapper, dans les « bonnes familles ». Alors, peu à peu, cela lui revient, avec l'image de la mère. Il lui semble qu'il la voit, elle, tête haute, nuque droite, fière et autoritaire. Elle avait certainement conduit des recherches minutieuses pour dénicher un artisan capable de lui promettre un travail soigné, une attention méticuleuse. Elle avait dû négocier les prix, « comme une nécessiteuse, une miséreuse, une harpie, tu la connais ». Elle avait dû « hurler, s'offusquer, minauder ». J'ai beau lui rétorquer qu'il se livre à un pur procès d'intention à l'égard de notre mère, il est persuadé que cette séance a été précédée d'un « marchandage sordide, qui lui fait honte après coup : Mère a toujours été un objet d'embarras ».

J'entends ne pas prolonger cette conversation, qui me dérange, que je trouve injuste, déplacée. Je préfère contempler les deux garçons, au matin de leur première communion, vêtus d'un costume noir, un bandeau blanc noué autour de leur bras gauche. C'est, pour moi, une image pieuse. Et ce visage fermé, sérieux, grave qui est le leur, c'est celui des événements majeurs, celui des moments où des caps sont franchis. Les deux frères sont en train de quitter l'enfance, de devenir des grandes personnes. Désormais, c'est autre chose qui les attend. C'est cet instant du basculement que le photographe a fixé, figé.

Arthur, pour sa part, prétend que Frédéric et lui ont l'air de petits soldats effrayés sous l'œil inquisiteur de leur caporal, la mère, inspectant tout derrière l'épaule de l'officiant, vérifiant qu'on lui en donne bien pour son argent. Il ne distingue que leur terreur et leur obéissance, ce à quoi elle les avait réduits : des marionnettes. Il voit les larmes qu'il réprime, qui ne demandent qu'à couler, le tremblement du corps qu'il cherche à contenir. Il voit la rébellion muette, l'apparente résignation qui dissimule la violence qui sourd, la tenue impeccable qui annonce les haillons de l'adolescence. Il voit la raie dans la chevelure avant la broussaille, les poings fermés qui lacèrent les chairs de l'intérieur de la main jusqu'au sang, le regard de métal qui suinte le mépris. Il prétend qu'il ne s'agit aucunement d'une image pieuse, mais d'un instantané de haine.

Je le laisse parler sans l'interrompre. Je n'ose pas l'interrompre. Je comprends que cette virulence doit s'exprimer, que toute la rancune accumulée doit surgir, qu'il ne sert à rien d'endiguer le flot de son ressentiment. Je mesure mieux son aigreur, son animosité, sa vindicte. Et, lorsque je me détourne pour l'observer, je ne peux pas manquer l'expression de dégoût qui tord sa face.

C'est avec appréhension que je lui tends une autre photographie. Ma main tremble un peu mais ce serait pire que tout de s'interrompre maintenant. Il faut continuer, agir comme si de rien n'était. Il ne faut pas faiblir, pas défaillir.

Il la regarde, cette photographie. Ou plutôt il la scrute. Il scrute le visage du jeune homme, dix-huit ans, la bonté extrême de l'expression, qui doit lui paraître une imposture et qui m'émerveille. Il y a la clarté du regard aussi, sa franchise, tandis qu'il n'en recherche que les ombres. Il y a l'innocence sauvage et je m'attache à l'innocence quand il ne retient que la sauvagerie.

J'évoque « un jeune homme très beau ». Je ne dis pas : « Tu étais très beau. » Je n'accole pas son prénom à mon affirmation. Je m'en tiens à une formule presque impersonnelle, comme pour ne pas la relier à lui, cette beauté, comme si je parlais d'un autre que lui. Et je me débrouille pour ne pas employer l'imparfait, afin de ne pas laisser penser que cette beauté se serait fanée, gâtée, gâchée. Je redoute ses coups.

Lui, il ne répond rien. Il tient l'image entre ses mains. Il ne tremble pas. Il cherche quelque chose, sans que je sache s'il s'agit d'une vérité ou d'un mensonge.

Il se souvient du photographe, cette fois, et même de son nom : Étienne Carjat. Le moment où la photographie a été réalisée s'impose très nettement à lui. Tout lui revient. Cette distance qu'on pourrait prendre pour de la tristesse, c'était d'abord une fébrilité. Ce regard qui fuit, qui regarde ailleurs, c'était un malaise dont il a oublié la cause, un inconfort peut-être. Cet angélisme qu'il dégage, c'était une ironie, une manière de tromper son monde. Cette légère insolence dans la moue, c'était sa volonté de conserver la maîtrise de soi, une contenance devant le photographe. Cette absence d'aspérité, en tout cas, c'est la jeunesse éclatante, un triomphe. Étienne Carjat, qu'a-t-il vu exactement ?

À la fin, je me rappelle que ce presque rien qui passait parfois sur ses lèvres et qui l'éloignait des autres et puis cette brillance insolente dans les yeux avaient fortement déplu au principal du collège et lui avaient fait déclarer qu'Arthur « finirait mal ». Il se trompait. Il se trompait, n'est-ce pas ?

Alors que nous approchons de la fin de notre pauvre monticule d'images, mon frère s'étonne que

je figure si peu sur les photos de l'enfance. Je dis :
je suis arrivée trop tard.

Quand nous en avons terminé, je lui lance qu'il
nous faudrait compléter cet album, que trop
d'années ont déjà passé sans que nous en ayons fixé
le souvenir. D'abord, il m'observe, sans réaction
apparente. Et puis il me demande si je compte faire
quérir un photographe pour l'immortaliser sur son
lit de torture. Et il sourit, d'un sourire sarcastique.
Je lui réponds que je songe plutôt à faire son
portrait. Aussitôt, il se radoucit. Il se rend compte
que sa raillerie était sans doute malvenue. Du coup,
il se met à ma disposition sans manifester trop
de mauvaise volonté. Je me saisis d'une feuille de
papier, d'un fusain, et je le dessine en costume
oriental, jouant sur une harpe abyssine. Lorsque je
lui montre mon travail achevé, il part d'un rire
sonore, tout droit surgi de l'enfance.

Avec ce rire me reviennent les heures joyeuses,
étourdies, indolentes, les jours calmes, sages, avant
le grand fatras, avant le temps du désordre et de
la démesure.

Vendredi 31 juillet,

Je lui prépare des tisanes avec des pavots. Le
docteur Beaudier assure que cela ne peut lui faire
que du bien. De son côté, Arthur soutient que ce
ne sont que des recettes de bonne femme. Pourtant,
il ne nie pas que mes infusions ont pour effet
d'atténuer sensiblement ses élancements et de l'en-
velopper d'une chaleur douce, comme celle des cou-
vertures du temps jadis tandis qu'il gelait dehors.

Il plaisante en me faisant croire que les substances renfermées par les pavots forment, devant ses yeux rougis par l'épuisement, des visions fantastiques. Il assure que j'ai trouvé, sans le vouloir, une potion magique, que mes décoctions sont « fabuleuses ». Je note, en tout cas, qu'il est mieux disposé à mon endroit. Le ton de sa voix se fait moins sarcastique, plus bienveillant. Je ressens nettement une sorte de relâchement, de décontraction, comme un étau qui se desserre. Son amabilité est certes un peu confuse, un peu cotonneuse. Elle lui échappe plus qu'il ne la décide, on dirait. Mais je m'en contente. C'est la première fois que j'observe chez lui un sourire, presque une béatitude.

Est-ce sous l'effet de mes étranges bouillons qu'il consent à se livrer, même parcimonieusement ? Les ingurgiter semble, effectivement, libérer sa parole. Je ne comprends pas toujours ce qu'il raconte. Mais, au moins, il parle. Il brise le silence, la glace en son cœur. Il m'apprend qu'à l'adolescence il a cherché d'autres rives et des langages nouveaux. Il a voulu s'approcher au plus près de l'inconnu, dépasser toutes les sensations humaines. Il a aspiré à se retrouver sur un versant vierge où tout serait à inventer. Il a quêté l'invisible, l'insondable. Il était disponible pour toutes les expériences et tous les sacrifices dans l'espoir d'accéder là où nul n'avait accédé jusqu'alors. Par instants, par bribes, il y serait parvenu. Il se serait frayé ce chemin jusqu'à des territoires inexplorés au prix d'un encrapulement, qu'il ne regrette pas, qui l'a conduit au bord de précipices, mais qui ne lui laisse après coup qu'un goût amer d'inachevé, d'inaccompli, et peut-être d'inutile. Ce charabia me décontenance, même si je devine qu'il recèle une part de vérité intime.

Soudain, il s'esclaffe. Il me dit qu'au fond il ne servait à rien d'accomplir tant d'efforts pour atteindre à ce dérèglement. Mes plantes opiacées ou la morphine que je lui administre « font parfaitement l'affaire ». Et puis il retombe presque aussitôt dans un abattement imprévisible. J'éponge son front, inondé de sueur.

Plus tard, dans une sorte de semi-délire, alors qu'il ne paraît pas conscient, il murmure qu'il a écrit avec la sensation du vertige. Pendant de brefs et lumineux instants, il a inventé des mondes. Aussitôt, je me rappelle une de ses poésies, qui s'intitulait, je crois, *Le Bateau ivre* : il n'avait jamais vu la mer.

Samedi 1er août,

La froidure ne faiblit pas. Dans notre contrée ouverte aux quatre vents, à quelques encablures de la Belgique qui nous apporte celui du nord, c'est l'hiver en plein mois d'août. Les frimas du matin ressemblent à ceux de février. Le ciel est de ce gris qui habituellement annonce la neige. La brume a du mal à se dissiper sur les champs qui nous entourent, à perte de vue. Les paysans vont couverts, redoutant la pluie. Nous nous souviendrons de cet été.

Arthur demeure assis au jardin, malgré ces températures hostiles. Il grelotte. À la surface de sa peau, des granulés apparaissent. Sur ses avant-bras, ses poils se hérissent. À intervalles réguliers, il tremble un bon coup et son corps se désarticule pour évacuer l'engourdissement qui le saisit. Sur le pas de la porte, notre mère lui crie qu'il va « attraper la mort ». Je l'entends qui grommelle : « C'est déjà fait. »

Il s'assoit ostensiblement sur le banc de pierre que Vitalie affectionnait, alors que des chaises plus confortables sont installées sous les tilleuls. La pierre glace son séant mais il assure qu'il ne voudrait pas d'autre place. En insistant pour conserver ce siège malcommode malgré mon exhortation à regagner l'intérieur de la maison, je devine qu'il tente de témoigner une fidélité à notre sœur défunte. Les lieux sont aussi des liens. Et ils sont notre mémoire.

Il me revient qu'à la mort de Vitalie, Arthur avait été victime de maux de tête extrêmement violents, de nausées, de vomissements, exactement comme aujourd'hui. À n'en pas douter, il est des événements qui agissent sur le corps plus sûrement que des coups qui nous seraient portés, ou des métastases qui accompliraient leur sale besogne. Après quelques jours, pour tenter d'échapper à l'entêtante douleur, à la folie qui sourdait, celle qui pousse vers l'irréparable, il s'était rasé la tête. Il avait éprouvé le besoin de se délester, de se défigurer aussi. Cette provocation était sa façon à lui de conduire son deuil. Quand il s'était présenté devant moi, avec son crâne chauve, j'étais restée muette. L'effroi ne m'a pas quittée.

Je vois bien que c'est à elle qu'il pense, sur son petit banc de pierre. À Vitalie. Et à cette évidence : celle qu'on n'en finit jamais avec ses morts.

Et si je venais à disparaître à mon tour, serait-il gagné par le même chagrin ? Non, bien sûr. Moi, je n'ai pas la grâce d'avoir été fauchée au plus bel âge. Je suis restée en vie, j'ai continué, j'ai emboîté le pas de notre mère, j'ai retroussé mes manches, je suis devenue vieille prématurément, je me suis appliquée à faire ce qu'on attendait de moi. Et, encore aujourd'hui, je m'efforce d'agir comme il convient. Cette application me range irrévocablement du côté des obscurs, dans l'ombre, tandis que Vitalie appartenait à la lumière, qu'elle était éclatante. Et son décès n'a fait que perpétuer cet éclat, lui apporter l'éternité. Pas de doute, je suis condamnée à demeurer terne, presque invisible. Mais Arthur n'aura pas l'occasion de ne pas éprouver de chagrin : il sera mort avant.

Dimanche 2 août,

Je regrette les mots que j'ai inscrits hier dans ce journal. Pour autant, je ne les efface pas. Ces mots, c'est moi aussi. Cette affreuse aigreur, je l'ai réellement ressentie. Il ne serait pas honnête de le nier. Le mal est en chacun de nous, voilà ce que je crois. Et il nous faut le combattre, à chaque instant, sans relâche. Car c'est seulement ainsi qu'on gagne sa place au paradis.

Durant la messe, je demande silencieusement pardon à Dieu. Les yeux clos tournés vers la pierre, les genoux repliés sur le bois dur, les mains jointes, j'implore Sa miséricorde. Lorsque je me relève enfin, j'aperçois l'éclat du regard que Sidonie Albinier pose sur moi : il me semble qu'elle devine tout de mes turpitudes. Et qu'elle tente de me dire que je ne dois pas en être contrite.

Quand je rentre de l'église, par la route d'Attigny, j'aperçois de loin Arthur assis au jardin de nouveau. Ce matin, heureusement, il a opté pour le fauteuil d'osier. Les branches des tilleuls frissonnent et filtrent le soleil. Sa face est striée de lumière et d'ombre. Ses yeux sont mi-clos. Cela pourrait être un instant paisible, plaisant. Sa jambe mutilée est dissimulée sous un plaid.

Sur le chemin, je discerne une silhouette qui marche dans ma direction, qui s'approche de notre ferme, qui y parviendra avant moi. Arthur, dont l'attention a sans doute été réveillée par le bruit des pas lents de cet individu, se détourne pour savoir qui vient. Oui, il a dû entendre le frottement des pieds contre la terre de l'allée. C'est un promeneur assurément. Un paysan ne perdrait pas son temps de la sorte, son pas serait plus lourd et plus pressé. Les contours du promeneur se découpent dans le décor vert et bleu de cette campagne ardennaise où l'été jette enfin des couleurs. Le corps est frêle, presque maigre, les vêtements sont indistincts. À mesure qu'il avance, il se fait plus précis : c'est un jeune homme, seize ans peut-être, cheveux hirsutes, visage sans défaut, sans aspérité, yeux clairs, et une nonchalance.

L'adolescent remarque Arthur dans son fauteuil. On dirait qu'il ralentit le pas. Il a peut-être ouï-dire qu'un homme est revenu d'Afrique en ses terres natales. Que cet homme fut un poète flamboyant ou un marchand considérable et qu'il est désormais un estropié misérable. Peut-être vient-il au spectacle, pour contempler le phénomène de foire. Mais non. Il faut se rendre à l'évidence : le garçon, visiblement, ignore qui est notre malade. Son regard se pose sur lui comme une question. Il l'observe avec la plus grande ingénuité. Et je lui saurais presque gré de ce regard innocent. Il ne recule pas. Il n'a pas l'air effrayé.

C'est au tour d'Arthur, qui ne m'a toujours pas vue, de le scruter. Je redoute qu'il ne soit heurté par la jeunesse triomphante de l'autre, par ses seize ans éclatants, par sa santé insolente. J'ai peur qu'il ne mesure les années qui les séparent, un gouffre. L'autre n'est qu'au début de sa vie quand mon frère ressemble déjà à un vieillard.

Mais c'est autre chose qui se produit. Arthur retrouve dans l'apparence du jeune homme celui qu'il fut à son âge : tout à coup, j'en suis certaine. Le promeneur est comme un fantôme venu lui rapporter son adolescence. Alors, je devine, au visage qui s'empourpre, les battements de son cœur qui s'accélèrent, une douleur qui enserre son poitrail.

Le garçon a ralenti sa marche au point qu'il paraît presque immobile désormais. Je me rends compte que je me suis cachée derrière un arbre pour assister à cette scène. Je pourrais croire que j'entends ne pas les déranger mais je dois admettre qu'il s'agit d'une curiosité peut-être malsaine, en tout cas déplacée. Je reste dissimulée à leurs regards. Je les observe.

Et, soudain, je comprends tout. Je comprends que ce qui les réunit, en cet instant précis, c'est le désir, une envie de rapprochement. Ils se tiennent là, l'un devant l'autre, émus et impudents, pleins d'une abjecte convoitise. Arthur est cloué sur son siège, il attend, il appelle en silence. En vérité, il suffirait de très peu, une parole, pour que le jeune homme enjambe la balustrade devant notre ferme et le rejoigne. Alors, je quitte ma cachette, j'apparais brusquement et les deux se tournent vers moi à la même seconde. Mon frère a dans les yeux l'expression de la colère mais aussitôt il se radoucit et c'est la culpabilité qui l'emporte. Le garçon, lui, baisse la tête et passe son chemin. C'en est terminé de cette familiarité foudroyante autant que condamnable. J'y ai mis bon ordre.

Je me dirige vers Arthur et je médite sur ses

amours anciennes qui nous ont fait tant de tourment et causé tant de tort. Je songe que la vie et les épreuves qu'elle nous apporte ne gomment pas les tares de jeunesse. Je file vers la maison sans un mot.

Alors que je me tiens dans l'embrasure de la porte, dos au jardin, je l'entends qui me dit : « La souffrance, celle du corps, je pourrais finir par m'y habituer, par en faire une compagne. Je la dompterai ou elle m'emportera. Mais la souffrance du cœur, on ne s'y accoutume jamais. Elle est insidieuse. Et bien plus dévastatrice. Ne me juge pas trop vite. » Je ne lui réponds rien.

Lundi 3 août,

Je m'emploie à lui faire la lecture. Je vois bien que je l'ennuie parfois et qu'il contemple le ciel par la fenêtre de la chambre alors que je lis, mais tant qu'il ne me prie pas de m'interrompre, je continue. Je l'aide à traverser les jours comme je peux.

Il profère des jurons lorsque je lui propose de la poésie. Il me crie qu'il refuse d'écouter pareilles balivernes. La poésie l'exaspère, le rend presque furieux. Je suppose qu'en manifestant une telle colère c'est à son passé qu'il s'en prend, même s'il m'assure que ce sont les poèmes que je choisis qu'il exècre. Il a « pissé » sur ces vers autrefois, m'assure-t-il, et, s'il avait encore ses deux jambes valides, nul doute qu'il se dresserait sur elles et qu'il pisserait à nouveau sur ces « borborygmes indignes ». Son mépris pour la médiocrité et la boursouflure n'est pas retombé. Ses injures en donnent l'exacte mesure.

Même si je ne goûte pas ces insultes, qui heurtent mes oreilles, je l'écoute les vomir sans le faire taire parce qu'elles sont le signe que la vie ne l'a pas tout à fait abandonné.

Les romans que je lui présente lui paraissent trop sirupeux, trop féminins. Il n'a jamais prisé le romantisme. Et il déteste cette « littérature de l'instant », oubliée aussi vite que consommée. Il croit que l'Histoire ne sauvegarde que la gravité, le désespoir ou la mélancolie. La légèreté sera balayée selon lui. « L'eau de rose ne se conserve pas : on ne se souvient que du sang. »

Tandis que je me concentre, je sens qu'il m'observe. Que regarde-t-il ? Le mouvement de mes lèvres ? Mon teint de porcelaine où la timidité glisse parfois une rougeur ? Mes yeux clairs qui sont les siens ? Mes bras de paysanne que les travaux de la ferme ont déformés ? Mes seins comprimés dans une robe de rien ? Que cherche-t-il ? L'enfance que nous avons partagée, et qui ne fut pas si malheureuse ? Le souvenir d'une autre femme, qu'il aurait aimée ? Voit-il en moi celle qui lui fermera les yeux ?

Et si ces moments de la lecture inventaient notre première vraie intimité ? S'ils dessinaient d'une pointe fine le lien fraternel que nous n'avons pas eu l'occasion d'explorer ? S'ils nous donnaient l'envie de rattraper le temps perdu, même s'il ne se rattrape pas ? S'ils calmaient les élancements dans sa jambe rognée, ce ne serait déjà pas si mal.

Mardi 4 août,

Voici deux semaines exactement que je soutiens son corps chancelant. Je porte dans mes bras ce corps souffrant et défaillant. Je guide ses sorties, je surveille chacun de ses pas ; je le conduis et l'accompagne partout où il veut ; je l'aide toujours à rentrer, à monter, à descendre ; j'écarte de son unique pied l'embûche et l'obstacle. Je prépare son siège, son lit, sa table. Bouchée à bouchée, je lui fais prendre quelque nourriture. Je mets à ses lèvres les coupes de boisson, afin qu'il se désaltère.

Je suis attentivement la marche des heures, des minutes. À l'instant précis, chacune des potions ordonnées lui est par moi présentée : combien de fois par jour ! J'emploie les journées à essayer de le distraire de ses pensées, de ses peines. Je passe les nuits à son chevet : je voudrais l'endormir en faisant de la musique, mais la musique pleure toujours. Il me demande d'aller, en pleine nuit, cueillir le pavot assoupissant, et j'y vais. J'ai peur, seule, loin de lui. Dans les ténèbres, je me hâte ; puis je prépare les breuvages calmants, qu'il boit. Et les veilles recommencent, durant jusqu'au matin ; et, quand il se met à dormir, je reste encore près de lui, à le regarder, à l'aimer, à prier, à pleurer. Si je m'en vais, à l'aurore, sans bruit pourtant, il se réveille aussitôt et sa voix, sa chère voix, me rappelle. Et je réaccours tout de suite près de lui, heureuse de pouvoir le servir encore.

Je ne suis pas une sainte pour autant. D'ailleurs, je ne demande pas de gratitude pour ce que j'accomplis puisque je tiens mon dévouement pour une chose normale. Je ne guette pas les éloges, n'attends pas qu'on me félicite. Je n'oublie jamais que ma fatigue n'est rien, comparée à la sienne. J'accepte volontiers ma charge, qui ne pèse pas face à son calvaire. Au reste, que sont ces deux semaines à côté des mois de sa souffrance passée, à côté du temps de sa souffrance à venir ? Rien, bien sûr. Ou si peu. Trop peu.

Je fais mon devoir, voilà tout. Et je sais que, le jour venu, je me présenterai devant Dieu, le regard droit.

Je m'accroupis devant Arthur afin de renouer le pansement qui se défait autour de son moignon. Il me dit qu'aucune femme n'a jamais fait ce geste, ne s'est jamais trouvée dans cette position. Je lève les yeux vers lui. Je me prépare à lui témoigner de la compassion car je suppose que ma génuflexion lui inspire les sentiments les plus élevés et le regret d'une épouse qui aurait été attentive à son malheur, mais, dans la lueur de son regard, je distingue de la perfidie, de la lubricité et le souvenir pervers d'un innommable péché, et cela devrait plutôt me porter à la colère. Pourtant, je réprime mon dégoût. Je me souviens qu'une humble chrétienne doit savoir accepter jusqu'aux plus lourds fardeaux et triompher des épreuves qu'on lui envoie. Si mon frère entend me confier l'inaudible, c'est que Notre-Seigneur l'a voulu. Et, de la même manière que je panse sa plaie sanguinolente ou que je nettoie ses excréments, je le laverai de ses fautes.

Je suis une femme agenouillée devant l'inintelligible.

J'écris cela dans la terreur. Car certaines vérités, évidemment, ne sont pas bonnes à dire. Plus tard, il me faudra tout détruire. Et tout réécrire. Je mentirai à son propos car il y a tant à cacher. Je mentirai dans le seul but d'éviter que l'opprobre et la honte ne fondent sur notre famille, sur notre nom. Je mentirai pour que le légitime courroux du Tout-Puissant ne s'exerce pas contre nous. J'arrangerai son histoire, afin qu'il entre pur et sans taches dans la postérité que sa poésie lui assure. Je nous sauverai de ses turpitudes.

Je me relève. Je me tiens debout devant lui. Il a ces mots, que je ne ponctue pas : « Je ne te veux aucun mal, Isabelle. Sois sûre de cela. S'il m'arrive de te blesser, c'est contre mon gré, crois-le bien. C'est que cela m'échappe. Et tout de suite, il est trop tard. Impossible de rattraper mon impair. Je préfère encore me taire, m'en retourner au silence. J'ai perdu l'habitude des mots. Je ne sais plus en faire usage. Et puis les femmes ont été les grandes absentes de ma vie. Admets qu'il m'est donc difficile de m'adresser à une femme, même si elle est ma sœur. Pourtant, tu es la seule à qui je puis parler. Il n'y a personne d'autre que toi. Il n'y a plus que toi, comprends-tu cela ? Pardonne-moi par avance toutes les choses que tes oreilles ne sont pas capables d'entendre. Songe que ton cœur pourrait, lui, mieux les recevoir. »

Mercredi 5 août,

Ce matin, sans raison apparente, il tient à parler. Il me demande si je me rappelle un poème qu'il avait intitulé *Le Cœur supplicié*. Je lui réponds que je n'en ai gardé aucun souvenir, mais que peut-être, s'il m'en récite les premiers vers... Il m'interrompt avant que j'aie achevé ma phrase, visiblement agacé. Poursuivant sa pensée, il regrette que nul n'ait entendu alors sa plainte douloureuse, son aveu terrible et ironique. Il prétend qu'on n'a vu à l'époque que sa belle tête d'innocent, ses yeux transparents et qu'on a cru à des fadaises d'enfant. Certains ont même rigolé. Ils ont rigolé et il s'est tu. Pourtant, aujourd'hui, sans être en mesure de l'expliquer vraiment, il ressent le besoin de parler de cela, qui s'est passé dans une des chambres de la caserne Babylone, au cours du vigoureux printemps de mil huit cent soixante et onze, et qu'il aurait rapporté dans son *Cœur supplicié*. Il est resté trop longtemps seul avec son secret, avec cette gravité. Il a laissé le secret grandir puisqu'il ne l'avait pas tué en croyant le dévoiler. Il a laissé la tumeur grossir au-dedans de lui. Maintenant, il lui faut s'en délester, et se dresser sur ses propres décombres.

Il assure qu'il a éprouvé de la sympathie pour les communards, pour leur combat, pour leur ardeur joyeuse et juste. C'est pour cette raison qu'il s'est approché d'eux sans crainte. Il s'est senti leur petit frère. « Toi, tu devrais comprendre cette histoire de fraternité », me lance-t-il.

Il y a d'abord eu le vin qui a coulé dans les gosiers, les bouteilles qu'on frappait l'une contre l'autre, l'allégresse d'une gentille beuverie. Puis il y a eu des frôlements, des jeux innocents, des mains qui ont caressé son visage, qui se sont attardées sur son torse à travers sa chemise déchirée, des attouchements affectueux. Il les entendait qui racontaient qu'il avait l'apparence d'une fille ; ils avaient l'air d'apprécier son teint de pêche, son regard doux, ses membres frêles ; il croyait qu'ils le taquinaient.

Et, tout à coup, ça a basculé. Il ne saurait pas dire pourquoi ni comment. Tout à coup, il y a eu une sorte de frénésie, un échauffement, une violence. Ils étaient plusieurs et il était tout seul. Ils étaient excités et il ne les avait pas repoussés. Ils éprouvaient du désir et il était disponible. Ils ont pris sa croupe et ses seize ans, dans l'ivresse. Ils ont pris sa virginité, dans un rire général.

Des années après, il m'assure qu'il revoit leurs visages, qu'il les revoit distinctement. Il entend encore leurs rires, la sonorité brutale et vulgaire de leurs rires, leurs halètements à son oreille. Il les entend dans son sommeil. Les soldats de la caserne Babylone ne l'ont jamais quitté. Ils sont ses compagnons depuis plus de vingt ans. Ils sont encore là, « alors qu'approche l'instant du trépas ».

Je regarde mon pauvre, mon misérable frère, muette d'effroi, muette d'horreur. Je sens des larmes couler le long de mes joues. J'ouvre la bouche, d'où ne s'extrait aucun cri. Je quitte la chambre, sans me retourner.

Moi, je suis l'ignorante, l'ingénue, comprenez-vous. J'ai reçu de l'instruction mais je n'ai pas la connaissance des hommes, ni celle des choses du sexe. J'avance en âge mais je demeure une femme neuve, intacte. J'ai éprouvé la dureté du monde mais j'ai conservé l'innocence, l'espérance. Je chéris Dieu et mon frère mais je n'ai jamais ressenti la brûlure amoureuse. Je crois aux forces de l'esprit et je ne sais rien de la puissance des corps.

Arthur n'agit pas au hasard, en m'élisant pour confidente. Il avance à pas comptés sur une terre vierge. Il se doute que je ne le contredirai pas. Il tente juste de ne pas trop froisser ma foi chrétienne. Il mise sur ma compassion. Et il se sert de sa souffrance comme d'un bouclier. Il ne risque rien. Le risque est tout entier de mon côté.

Car le temps de la confession est désormais venu. Voici qu'il commence à me dire l'indicible. Je ne peux pas m'y soustraire. Je dois affronter son aveuglante vérité.

Je dois l'écouter. Et être dévastée.

Il s'agit d'un legs, d'une transmission. Arthur tient à me transférer son fardeau. Quand il en aura fini, dans mes yeux clairs, il y aura ses orages. Sur ma peau passeront ses trémulations. À travers mon armature se déplaceront ses métastases. Dans mes veines circulera son mauvais sang. Dans ma mémoire resteront ses amours coupables, ses errances interminables, son incompréhensible silence.

Surmonterai-je ce qui m'attend ? Me faudra-t-il des années pour revenir à la surface ? Combien de temps vivrai-je, courbée sous le poids de ses aveux ? Je tiendrai mon rang, on m'a appris à faire cela, mais derrière mes paroles immanquablement lisses, serai-je à jamais détraquée ?

Jeudi 6 août,

Il est tombé de son lit, cette nuit. Mère et moi l'avons trouvé gisant sur le plancher de sa chambre. Il paraissait engourdi, semi-conscient quand nous l'avons relevé. Nous avons eu si peur. C'est le bruit de sa chute qui nous a alertées, toutes deux au même moment. Nous sommes accourues ensemble. Nous l'avons replacé aussitôt entre ses draps. Moi, je le tenais sous les aisselles pendant que Mère s'était saisie de son moignon et de sa jambe valide. Même s'il a beaucoup maigri, il pèse encore le poids d'un homme.

Ce matin, il affirme qu'il ne se souvient de rien. À croire que mes tisanes n'ont pas pour seul effet de le plonger dans un état d'euphorie artificielle : elles lui font également perdre la mesure de son immédiat environnement comme de ses mésaventures. Toutefois, il se réveille endolori. Un bleu mauve s'est formé sur sa hanche gauche. La peau est râpée autour de son coude. Il me lance, avec un air terrible : « Un jour, on jettera mon corps dans un cercueil comme des déchets à la poubelle. »

Soudain, il prend conscience que je l'ai vu nu, cette nuit, puisqu'il dort sans porter le moindre vêtement. Sur le ton du sarcasme, il me demande ce que j'ai éprouvé, confrontée à sa nudité. Tout d'abord, je rechigne à lui répondre. Parce qu'il insiste, à la manière des enfants gâtés, je finis par prétendre que je l'ai à peine regardé, que l'important, c'était de le remettre dans son lit, que je n'ai pas songé à autre chose dans l'urgence. Comme il se refuse à me croire, je lui expose que le corps de mon frère n'est pas le corps d'un homme, que je ne le considère pas comme tel. Ce n'est pas un corps étranger. Pourtant, il tient visiblement à me faire admettre que j'ai pu être troublée par cette nudité, moi qui ne connais rien de l'étreinte. Alors, pour de bon, et pour la première fois, je me braque. Je referme mes bras sur ma poitrine, je l'observe avec un air de défi et je lui lance : « Il n'y a pas grand-chose de sensuel dans la contemplation d'un mutilé. » Il l'a bien cherché. Et lui, qui a voulu faire le malin, reçoit cette phrase comme un coup de poing dans le plexus.

Bien sûr, je regrette mes mots sitôt prononcés, je balbutie que ce n'est pas ce que j'ai voulu dire, que c'est lui aussi qui m'a poussée dans mes derniers retranchements, que j'ai employé une expression maladroite qui ne reflète pas le fond de ma pensée. Mais tout est vain, le mal est fait. Juste à cet instant, nous apercevons notre mère dans l'embrasure de la porte, nous supposons qu'elle a écouté notre conversation, qu'elle n'en a pas perdu une miette. Je répugne à le confesser mais elle paraît savourer ce moment de pure cruauté, tout son regard de métal en témoigne. Arthur vient confirmer mon horrible intuition en lançant à la cantonade : « Nous avons ça dans la famille, hein, et c'est la chose la mieux partagée : la méchanceté. »
Il ne desserre plus les lèvres de la journée.

Moi, je ne parviens pas à oublier sa confession d'hier, je demeure hantée par cette violence dont il a été la victime et que je n'ai pas vue, que je n'ai pas su voir. Je suis dévorée par la culpabilité. Et l'épisode de ce matin ne fait qu'ajouter à mon affliction. Sans compter que sa fièvre est remontée. Je suis une femme simple : je ne me débrouillerai pas de tous ces tourments, j'en ai la prémonition.

Vendredi 7 août,

C'est le claquement sec, énorme, imprévu, qui tétanise avant tout, m'affirme-t-il. Ce sont les tympans qui sont touchés en premier, qui sont l'endroit où la brutalité s'exerce d'abord, où la douleur se fait sentir. Puis c'est l'odeur qui monte aux narines, une odeur de brûlé qui pique, qui fait qu'on détourne le visage. C'est pourtant juste une étincelle mais on croit à un incendie qui embrase tout, un incendie gigantesque en quelques dixièmes de seconde. Car tout advient très vite. C'est à peine si on a le temps de se rendre compte. Après, c'est le rouge qui saute aux yeux, le rouge vif qui coule, le sanguinolent, comme le signal de la vie qui s'enfuit du corps, qui s'échappe de lui, sans qu'on puisse rien tenter pour le retenir. L'élancement de la chair mutilée, de la plaie ouverte, il ne survient qu'en dernier. Le poignet blessé, la peau trouée, on n'en ressent le mal qu'après coup. C'est dans cet ordre que les souffrances se produisent.

Arthur raconte et je le crois. Arthur raconte et je le suis, dans cette ville qui s'appelle Bruxelles, dans cette chambre d'hôtel, à l'angle de la rue des Brasseurs. Je vois l'homme pris de boisson. Je vois son hébétude, son aigreur, sa désolation. Je vois Arthur qui se moque de lui, qui ricane à son chagrin. Je vois l'homme qui menace mon frère d'une arme, qui crie qu'il va tirer, qui finalement tire deux coups de feu.

Arthur contemple longuement son poignet, ce matin. Il contemple la cicatrice, une vilaine marque dans le prolongement de ses veines. Il dit : « La mort et moi, nous sommes de vieilles connaissances, pas vrai ? »

Et, moi, je ne peux réprimer une moue dégoûtée. Je suis saisie d'un haut-le-cœur. Rien ne me sera épargné, vraiment. Je dois tout entendre. C'est mon emploi désormais. Je voudrais quitter la chambre mais je n'en fais rien : on ne tourne pas le dos à un mourant.

J'ai des souvenirs, moi aussi, mais ce ne sont pas les mêmes. Je me souviens qu'il fut un élève brillant, qui forçait l'admiration de ses maîtres, et que ses compositions de grec et de latin étaient, chaque année, couronnées par des premiers prix. Je me souviens qu'il fut un fils obéissant, qui autorisait ma mère à nourrir les plus grands espoirs, avant qu'il ne se mette à fuguer, lui aussi, à s'éloigner des siens. Je me souviens qu'il eut ce sourire moqueur, cet éclat bleu dans le regard, une malice, la promesse de lendemains joyeux. Je me souviens qu'il écrivit des choses qu'on qualifie d'admirables et auxquelles je n'entendais rien, qu'il composa des mystères qui m'enchantaient comme le font les contes de fées. Je me souviens qu'il partit à la conquête de Paris, avec assurance mais sans la moindre arrogance, qu'il revint parfois piteux et misérable, et qu'à chaque départ comme à chaque retour il m'étreignait. Oui, je me souviens des étreintes. Je me souviens que toute la famille fut parfois réunie, comme lors de ce Nouvel An de mil huit cent soixante-quinze, et que nous fûmes heureux ce soir-là, auprès du feu qui brûlait nos visages et nos mains. Je me souviens qu'il m'adressa des cartes postales de pays inconnus, qu'il me rapporta des présents de ses nombreux voyages, qu'il eut pour moi des attentions que nul autre n'eut jamais. Je me souviens qu'il tenta de gagner honnêtement sa vie sous des cieux qui ne furent guère cléments et de devenir un homme bon dans des contrées hostiles. Je me souviens enfin de cette phrase prononcée alors que j'étais une enfant encore : « Quand on a fait l'expérience de la liberté, comment y renoncer ? » Je n'ai pas oublié. À l'heure des bilans, ce sont ces moments que je retiendrai.

Tout de même, je dois à l'honnêteté de confesser que je me rappelle aussi, bien évidemment, son retour piteux à Roche après le fameux drame de Belgique. J'avais treize ans, alors. Mon frère s'est littéralement écroulé. Je le revois affalé sur une chaise, dans la cuisine, les bras morts, saisi de spasmes par instants, secoué de larmes. C'était le moment d'un grand désarroi, d'un trouble dévastateur. Je l'entends encore qui susurrait : « Ô Verlaine ! Verlaine. » Même une enfant de treize ans comprend, je vous assure.

Pour autant, la femme de trente ans, que cette enfant est devenue, ne saurait admettre les errements du passé ni absoudre les fautes qui ont été commises. Oui, je le dis, lorsque viendra le temps de livrer l'existence d'Arthur à ceux qui voudront la connaître, qui demanderont des comptes ou exigeront des détails, il faudra faire le tri entre le bon grain et l'ivraie, gommer, éradiquer. Il faudra servir des mensonges qui auront l'air de vérités.

Dimanche 9 août,

La froideur de notre mère constitue un complet mystère. Une énigme difficile à résoudre.

Notre mère, en effet, ne peut pas méconnaître les névralgies d'Arthur. Elle ne peut pas ignorer que le mal progresse, en dépit de l'amputation. Elle ne peut pas ne pas entendre les gémissements de son fils, ses râles, ses emportements, ses effondrements. Pourtant, elle demeure curieusement distante, comme méfiante, mais de quoi ? Cette distance ressemble à une indifférence ou, pire, à un mépris.

Quelquefois, elle passe une journée entière sans monter lui rendre visite dans sa chambre, sans même s'enquérir de son état. Elle part travailler alors que le jour est à peine levé, sans faire de bruit, et elle revient le soir, à la nuit tombée, chancelante de fatigue. Elle prétend qu'elle ne veut pas le déranger, qu'il est trop tôt ou trop tard, qu'il faut le laisser dormir bien qu'elle sache qu'il ne trouve pas le sommeil. Elle n'a pas peur de lui, puisqu'elle n'a peur de personne. Alors quoi ?

Il lui arrive de se tenir dans l'ouverture de la porte et de ne pas entrer. Oui, elle se tient là, sur le seuil, les bras repliés, inerte, immuable. On voudrait qu'elle fasse un geste, un pas, mais non : elle est statique, figée, comme interdite de bouger par une force invisible. Il y a un voile devant ses yeux, un léger aveuglement.

Le regard d'Arthur, lui, se fait implorant alors, même s'il nierait ce que j'avance. Il aimerait qu'elle entre, j'en suis certaine, qu'elle s'assoie sur le lit, qu'elle prenne de ses nouvelles, qu'elle propose un bol de soupe, n'importe quoi, tout sauf ce silence borné, cette réticence inexplicable. Mais comme il est aussi fier qu'elle, aussi orgueilleux, il ferme les paupières ou il tourne la tête et elle redescend dans sa cuisine où nous l'écoutons s'activer pendant des heures, mais à quoi ?

On dirait qu'elle a capitulé face à ce qu'elle estime inéluctable et qu'elle préfère se taire plutôt que de l'admettre. On dirait qu'elle entend préserver Arthur de la sentence que les dieux auraient prononcée à son endroit. Cette pose mutique, ce ne serait que de la compassion, une manière de le protéger. J'ai cru cela. Je commence à douter.

Je considère qu'il y a de l'insensibilité à se comporter de la sorte. Bien sûr, chez les Cuif, on ne fait pas étalage de ses sentiments, j'ai déjà dit cela. Mais cette « pudeur » n'explique pas tout. On ne peut pas mettre un tel détachement sur le compte de sa notoire réserve. Il y a autre chose, qui est peut-être un abandon, une défaite.

Ou une aigreur. Comme si les enfants étaient comptables des espoirs qu'ils déçoivent. Comme s'ils étaient punis de n'être pas ce qu'on attendait d'eux. Ce serait affreux, alors. Ce serait un impardonnable manque d'humanité. Je ne souhaiterais pas soupçonner cela chez une femme qui a placé sa vie sous la protection de Notre-Seigneur.

Ou bien elle a surpris certaines des confessions de son fils. Car, parfois, nous sentons qu'elle rôde, qu'elle se faufile derrière les portes ou même qu'elle nous espionne ou tend l'oreille depuis les champs quand nous sommes assis au jardin, et, lorsque nous finissons par l'apercevoir, nous ignorons depuis quand elle nous observe ou nous écoute. Mère est une vigie impitoyable. Elle refusera que je me laisse amadouer par les histoires d'Arthur qu'elle a si souvent qualifiées de sornettes. Elle interviendra, si besoin, pour endiguer les dérives, pour éviter qu'il ne me corrompe. Elle a toujours pensé qu'il avait créé son propre malheur. Elle fera tout pour m'épargner la contagion.

Ses œillades perçantes seraient-elles alors réprobatrices ? Sa lassitude trop voyante trahirait-elle une exaspération ? Ses moues accablées seraient-elles l'expression d'une ancienne rancœur ? Ses haussements d'épaules seraient-ils les mêmes que ceux qui accueillaient Arthur quand il s'en revenait penaud de ses virées dans l'univers des poètes ? La mère et son fils joueraient-ils le dernier acte d'un combat commencé vingt ans plus tôt ?

De son côté, Arthur, il est vrai, ne consent pas beaucoup d'efforts. Il ne recherche visiblement pas le dialogue. Il prend systématiquement un air buté les rares fois où elle se présente devant lui. Il adopte une physionomie glaciale. À la fin, ces deux-là vont se ressembler plus qu'ils ne l'auraient jamais envisagé.

Je trouve des excuses à mon frère. D'abord, je ne l'ai pas connu autrement que renfrogné, en rébellion. Pourquoi aurait-il changé ? Un homme, ça ne change pas. Je n'escompte pas de lui qu'il soit prévenant, aimable : il ne l'a jamais été. Et puis les malades ont des excuses que ne peuvent pas faire valoir les bien portants.

Lundi 10 août,

Regardez-les, les gueux, les maudits, les oubliés du monde, les mal bâtis, les rongés par l'alcool, les déformés par le labeur, les vieillis par l'interminable hiver ; regardez-les, les hypocrites, les méchants, les persifleurs, les avides, les femmes au regard torve, les hommes taciturnes et patients ; regardez-les qui défilent au pied du lit, comme on vient au spectacle ou comme on se rend au cimetière. Ils ont un peu hésité, au début, ils ignoraient s'il leur fallait redouter le retour de l'enfant du pays, ils n'osaient pas se montrer. Et maintenant ils arrivent en procession parce qu'on a dû leur raconter que cela valait le détour. C'est un ballet incessant et obscène. Les uns sont là pour l'entendre retracer ses périples africains, les autres pour contempler sa face cramée, sa jambe arrachée ; les uns pour qu'il évoque devant eux des contrées lointaines qui leur font oublier, pour quelques instants, leur condition quotidienne, les autres pour soupeser ses chances de survie et prendre les dimensions de cette ferme qui sera peut-être bientôt à vendre ; les uns pour ravir un peu de son soleil, les autres pour renifler l'odeur des mourants.

Je ne les distingue pas : pour moi, ils ne forment qu'un tout, un magma, une masse. Je ne les dissocie pas : ils portent tous le même visage, sale et hostile, le même fardeau, lourd et éternel, la même hargne résignée, la même haine confite, le même désespoir inexpugnable.

J'observe mon frère, qui joue curieusement le jeu : il leur montre ce qu'ils veulent voir, leur récite ses contes abyssins, leur livre ses déserts, leur fait croire que les quais de la Meuse mènent jusqu'à l'océan, il leur confie ses souffrances aussi et leur annonce sa mort prochaine comme un bouquet final qu'ils reçoivent sans ciller. Et ils repartent tout contents, satisfaits, repus.

Avant de nous quitter, ils ne manquent jamais de me saluer, de me tendre leurs grosses mains, de me témoigner leur sympathie, se préparant déjà aux condoléances, de secouer la tête avec un air désolé, de pester en silence contre le sort qui s'acharne.

Quand ils ont enfin déguerpi, je suis sûre qu'ils discutent entre eux, qu'ils lèvent les yeux au ciel, en faux dévots, qu'ils nous plaignent sans la moindre sincérité, qu'ils lorgnent sur nos biens, qu'ils finissent, après les précautions oratoires d'usage, par se gausser de la décrépitude de notre malade, estimant qu'il l'a bien méritée, cette décrépitude. Pour eux, n'en doutons pas, Arthur est demeuré le paria, le voyou, celui qui leur crachait au visage : ils ne lui pardonnent rien.

Il a toujours tenu les paysans en horreur, ne leur a manifesté que du dégoût. Ils auront attendu le temps qu'il fallait, pour lui rendre la monnaie de sa pièce. Leurs sourires convenus dissimulent mal leur goût pour la revanche.

Arthur s'étonne que je me montre aussi agacée par ce défilé. Il me décrit comme « si bonne, si généreuse ». Et puis il est persuadé que je suis à l'origine de ces visites, que je tente ainsi de le divertir de son ennui. Comme je lui réponds qu'il n'en est rien, et que ces cortèges inconvenants et ces mascarades scabreuses me sont insupportables, il me considère longuement, avec un sourire qui s'agrandit, avant de me lancer : « Mais tu es jalouse, ma parole. »

Mardi 11 août,

J'ai repensé toute la nuit à cette affaire de jalousie. Cela m'a tout bonnement empêchée de dormir. Ce matin, je suis bien obligée de reconnaître qu'Arthur n'a pas entièrement tort. Il est indéniable que je suis possessive. Cet instinct de propriété, je le tiens sûrement de ma mère. Mais, moi, je ne l'exerce pas sur les choses, uniquement sur mon frère, dont j'ai été séparée alors que j'entrais dans le plus bel âge, et sans que je puisse rien faire pour m'y opposer. À présent qu'il m'est rendu, je le voudrais pour moi seule, ça n'est pas condamnable, n'est-ce pas ?

Alors, oui, je répugne à le partager, surtout avec des gens qui ne savent rien de lui, sinon les fredaines qu'on leur rapporte, qui n'ont jamais rien fait pour lui, sinon s'offusquer de ses frasques, qui sont des étrangers, seulement attirés par la puanteur du sang.

Du reste, il n'est pas que notre voisinage qui accourt : on prétend que des inconnus viennent de loin pour l'écouter, à la nuit tombée, tandis qu'il est plongé dans un sommeil incertain, teinté de délires et de cauchemars. Son histoire s'est répandue dans toute la contrée et certains accomplissent le voyage en secret pour vérifier qu'on leur a dit vrai. Il en arrive de partout. Ils se précipitent pour entendre ses plaintes, ses râles, ses gémissements. Elles les intéressent, apparemment, ses fables, celles qui parlent d'Orient, d'or, de sable, d'insolations, de nègres, d'armes, et qu'il déclame sans même s'en rendre compte, dans une sorte d'état inconscient. Certains soirs, on repère leurs ombres, qui dessinent des formes monstrueuses le long des murs de notre ferme. On surprend le craquement des branches, le crissement des cailloux sous leurs pas. Ils sont là, tapis dans le noir, qui épient mon pauvre frère, qui guettent ses divagations, ils sont au théâtre, ils ont appris que mes narcotiques produisent de curieux effets et ils tiennent à ne pas en perdre une miette. Ils doivent s'offusquer de ses jurons, faire le signe de croix quand ses blasphèmes parviennent à leurs chastes oreilles, se scandaliser. Pourtant, ils demeurent embusqués derrière les buissons, ils ferment les yeux, ils l'accompagnent dans ses voyages. Au matin, on découvre leurs empreintes dans la terre boueuse, sous la fenêtre de sa chambre.

Arthur ne sait rien de tout cela. À quoi bon l'en informer ? Ces simagrées ne suscitent que le mépris, le dégoût. Ma jalousie est aussi un rempart contre les charognes.

Enfin, il y a une dernière explication : si le temps qui nous reste doit ne pas être long, il s'agit de ne pas le galvauder, le dilapider. Les instants à deux sont précieux, parce qu'ils pourraient être rares. Notre intimité reconquise pourrait ne pas durer.

Mercredi 12 août,

Sidonie Albinier est la seule que je regarde approcher sans méfiance, sans réticence. Elle vient en silence, je la remarque à peine. C'est elle qui choisit immanquablement de ne pas entrer dans notre maison. Elle se tient à la barrière, sur le chemin qui longe la ferme. Elle m'adresse un signe discret de la main. C'est à peine si son bras se lève. Je ne mets pas cette économie sur le compte de ses rhumatismes mais sur celui de sa retenue, de sa réserve. Alors, je descends jusqu'à elle. Je vais la rejoindre.

Nous conversons un peu. Des mots aussi, elle est économe. Pas à la manière de ma mère, qui n'est jamais très éloignée de la pingrerie, non, plutôt comme ces femmes dignes qui préfèrent se taire quand elles n'ont rien à énoncer. La pensée est toujours allègre, pourtant. Si ses jambes la trahissent quelquefois, son esprit ne lui a pas encore joué de mauvais tours.

Quand je lui propose de monter saluer Arthur, elle refuse poliment. Non qu'elle craigne d'être importune mais parce qu'elle n'ignore rien du spectacle de douleur qui l'attendrait. Elle ne manque pas de courage : elle a de la mémoire, voilà tout. Elle sait les corps déchiquetés.

Elle me considère avec une extrême bonté, qui fait frémir ma lèvre inférieure, jette un voile sur mes yeux. J'entrevois ce qu'elle pourrait me confier, et qu'elle garde pour elle. Je ne suis pas prête à entendre ce qu'elle croit avoir compris depuis longtemps. Elle laisse sa main longtemps sur mon bras, sa petite main ridée, striée de veines violettes sur mon bras laiteux.

Dans cette communion des accidentées, toute parole est superflue.

Et puis elle reprend sa route. Je l'observe qui clopine, engoncée dans sa robe noire. Ce pas claudicant sur le chemin de terre, je le fixe pour l'éternité.

Jeudi 13 août,

Il est arrivé aujourd'hui une lettre d'Arabie. Il aura fallu près de quatre semaines pour que le courrier nous soit acheminé. J'en fais la lecture à Arthur, que ses yeux brûlent. B. y donne de ses nouvelles. Il raconte que ses affaires vont mal, que l'Afrique est devenue impossible pour le commerce, que les trafics les plus inavouables y prospèrent, qu'il faut sans cesse se battre contre l'inertie et la bêtise, qu'il abandonnera toutes ses forces dans ce combat perdu. Il prétend que la France lui manque, que c'est une joie pour lui que le seul fait d'écrire une adresse française sur la lettre à expédier. Arthur m'assure toutefois que B. serait parfaitement incapable de quitter l'Abyssinie, qu'il a succombé une fois pour toutes à l'enchantement de ce pays, à sa magie pernicieuse. Il est également convaincu que B. préférera toujours être quelqu'un là-bas plutôt que personne ici. S'il a entrepris, il y a fort longtemps déjà, le voyage à destination de l'autre continent et qu'il n'en est jamais revenu, c'est bien parce qu'il y trouve son compte, parce que sa vie, même si elle est épuisante et dangereuse, dépasse de loin ce qui lui était promis s'il était resté en métropole. Ce n'est pas le soleil qui le retient à la fin, c'est le pouvoir, et l'argent parfois facile.

Avec cette lettre, Arthur retrouve la moiteur de Boubassa quand la fièvre l'avait terrassé, la lenteur des expéditions qu'il conduisait dans le désert somali, ou encore l'urgence insurrectionnelle qu'il a vue de près au Harar. En secret, il se souvient aussi du regard des hommes noirs, de l'abominable solitude, de son obstination à atteindre des oasis improbables pour y tenter une douteuse fortune. Lui sont redonnés les milliers de kilomètres à pied ou à cheval, les terres arides, les rochers et le sable, les côtes sauvages et hostiles.

Avec la lettre remonte aussi le souvenir d'amitiés. Ainsi, il reste des gens qui ne l'ont pas complètement oublié, qui peut-être parlent encore de lui, qui évoquent sa silhouette mince et blanche, qui alimentent un mystère où se mêlent la crainte et la fascination. Ainsi, il survit à sa disparition. Il n'est pas tout à fait mort.

Cela lui semble étrange, m'avoue-t-il, d'avoir suscité quelques sympathies. Il a si vite choisi de tourner le dos aux hommes, de conduire son existence en dehors d'eux, sans plus se préoccuper d'eux. Ses relations en Afrique ont essentiellement été utilitaires, professionnelles, obligées. S'il avait pu, il s'en serait fort bien passé. Pourtant, en dépit de cette indifférence aux vivants, de cette distance imposée à tous, indistinctement, certains, dont le débonnaire B., ont éprouvé pour lui une manière d'affection, quelque chose de presque indicible qui les a poussés vers lui. En réalité, c'est sa résistance au mal qui les a impressionnés, le plus souvent ; sa détermination et son entêtement formidables qui ont provoqué le respect. Moi, je pense qu'en sus ils ont cédé à son charme. Ils se sont laissé prendre au magnétisme du regard, à la jouvence éternelle, à cette séduction qu'il n'a jamais réussi à gommer, et que j'aperçois encore sur le lit où il gît.

L'obstination, elle non plus, n'a pas été perdue. C'est celle du lutteur, qui tient la maladie en respect.

Vendredi 14 août,

Moi, j'ignore absolument ce que c'est de quitter son pays, d'abandonner sa terre. Je suis restée là, enracinée comme ces arbres centenaires, immobiles et rassurants, dont la silhouette se découpe dans l'embrasure des fenêtres. Je n'ai pas bougé. Cette inertie, cette ankylose, c'est ma vie. Je n'en changerais pas.

Cette maison où j'écris, c'est la mienne. J'en hériterai. J'y mourrai sans doute. Cela ne me fait pas peur.

Au fond, je n'ai toujours désiré que la quiétude, la tranquillité, la stabilité : je les ai eues, parfois.

Ce n'est pas facile de partir, parce que ce n'est pas naturel.
Partir, c'est un arrachement, une manière d'amputation. Rompre, c'est une violence. Dans l'expatriation, on perd nécessairement une part de soi.

Non, on ne s'abstrait pas aisément de sa jeunesse.

Je sais qu'il a fallu du courage à Arthur pour dételer. Et du désespoir. Je n'ai jamais eu assez ni de l'un ni de l'autre.

Je l'ai connu essentiellement errant. Il assurait être un homme libre. Il était aussi un déraciné, un déporté, un émigré.
Ses fugues ont fait de lui un réfugié dans les territoires qui ont bien voulu l'accueillir. Mais, parmi ceux-là, dans lequel s'est-il senti « chez lui » ?

Le soleil a été son seul repère. C'est à lui qu'il s'en retournera à la fin.
Combien de kilomètres aura-t-il parcourus ? Combien de routes aura-t-il empruntées ? Combien d'humus aura-t-il foulés ? Combien de visages aura-t-il croisés ? Mais c'était toujours le même soleil.

Dans le jardin à l'abandon, assis devant les ronces, le lierre, avec le chemin de terre en contrebas, je vois bien qu'il se souvient des exils.

Dimanche 16 août,

Arthur a beau me laisser entendre, de temps à autre, qu'il est moins éloigné de Dieu qu'il ne l'a été, il n'en repousse pas moins avec une grande véhémence mon invitation à se joindre à moi dans la prière. Hier, il a refusé tout net de s'associer aux célébrations de l'Assomption, et même d'avoir une pensée pour la Vierge Marie, et aujourd'hui il prétend que son moignon le lance et lui fait mal au point qu'il est incapable de s'extraire de son lit pour se rendre à la messe. Je n'insiste pas car ce dernier argument est imparable, mais je me doute qu'il ne s'agit que d'une excuse fallacieuse. En effet, malgré son désir de ne pas heurter ma foi, et de me laisser espérer, quelquefois, un retour vers Dieu, il demeure un mécréant incurable, l'affreux chenapan qui tirait la robe des curés, l'adolescent blasphé-mateur qui refusait de se signer devant le Christ crucifié, le négociant qui opposait le bon sens des marchands aux « faribloes de la Bible ». C'est donc seule que j'assiste à l'office du matin. Lorsque je rentre à la ferme, il a, comme par miracle, retrouvé l'usage de sa jambe et ne paraît pas souffrir plus qu'à l'accoutumée. Il m'adresse un sourire entendu et me glisse que le bon Dieu n'apprécierait certai-nement pas d'être dérangé par le boitement d'un infirme.

Mardi 18 août,

Arthur contemple le frisson du vent qui parcourt les champs de tournesol. Il constate comme moi que les grosses fleurs jaunes ont déjà entamé leur révolution et se penchent vers la terre, où elles pourriront bientôt. Leurs pétales sont un peu brûlés, un peu racornis. Il aimerait comme moi retenir ce faux été qui s'en va, ce soleil blanc et froid qui répand une lumière crue sur les chemins sans réchauffer les promeneurs. Reculer le moment où il nous faudra entrer pour de vrai dans la mauvaise saison, celle de la pluie qui ne cesse pas, celle des cieux menaçants. En contrebas de la ferme, au-delà des grillages et des murets, le regard détourné des fleurs est pour lui comme pour moi davantage qu'un déchirement.

Et voici que cette sensation déchirante le ramène à un autre mois d'août, celui de ses presque seize ans. Celui de sa première fugue. Sur un coup de tête, il avait pris le premier train pour Paris, il en rêvait depuis si longtemps. Paris, c'était le soleil encore, à coup sûr, alors qu'à Charleville les eaux de la Meuse étaient déjà boueuses.

C'était le geste d'un enfant. Un geste gratuit. Mais les contrôleurs du train ne l'ont pas entendu de cette oreille. Ils l'ont forcé à descendre du wagon quand ils ont constaté qu'il voyageait sans billet. Comme il s'est énervé devant leur air impavide, comme il a proféré quelque injure de son invention, ils n'ont pas hésité à le livrer à la maréchaussée qui l'a conduit, sans état d'âme, à la lugubre maison d'arrêt de Mazas.

De son court séjour entre les murs de cette horrible

prison, il conserve le souvenir très précis, très concret de l'enfermement et de l'étouffement. Cette claustration lui a paru plus noire que la nuit elle-même. Il aurait, et de loin, préféré qu'on le privât de sa vie plutôt que de sa liberté. C'est là qu'il s'est juré de s'affranchir à jamais de toutes les servilités.

En attendant, il a écrit une lettre de supplication à son cher professeur Izambard, afin qu'il vienne le sauver. Oui, le sauver. Si ce dernier n'avait pas œuvré pour son affranchissement, il croit bien qu'il serait mort, m'affirme-t-il.

Cette seule pensée dessine un sourire triste sur son visage, alors qu'il continue de scruter la campagne avoisinante et qu'il aperçoit dans le lointain la forme grise de la gare de Voncq. Il songe à nouveau, j'en suis sûre, aux départs, à la jeunesse, aux sottises de la jeunesse, à l'envie d'ailleurs, au moyen d'échapper à ce perpétuel automne. Son sourire persiste mais, au coin de ses yeux, ce sont bien des larmes qui brillent.

Quand il regagne la maison, il s'empresse de vouloir retirer sa jambe mécanique mais il ne parvient qu'à se blesser, qu'à se faire saigner. Les lacets refusent de céder, ses mains s'agacent, ses veines enflent, son souffle s'accélère, tout son corps se disloque. Quand, enfin, les lacets se dénouent, il lance son appendice de bois et de cuir à l'autre bout de sa chambre. Sa jambe désarticulée va frapper contre le mur dans un vacarme indescriptible et s'échoue contre la plinthe. Il étouffe des sanglots contre l'oreiller où il a enfoui sa tête. Sa plaie ouverte macule ses draps. Dans ce désarroi inégalable, il se rappelle que plus jamais il ne courra.

Dans la cuisine, en bas, malgré le bruit, notre mère n'a pas bougé. Elle n'est pas accourue pour s'enquérir de ce qui s'est produit. Elle a mieux à faire. Elle astique ses cuivres.

Mercredi 19 août,

Il subsiste encore, un peu en amont de Roche, au beau milieu de nulle part, sur la route qui conduit à Attigny, un estaminet qu'Arthur avait coutume de fréquenter dans ses jeunes années. C'est ainsi : dans notre pays, on compte autant de tavernes que de chiens errants et on apprécie les verres de genièvre à un sou ou les pintes de bière flamande. On n'y sert généralement pas d'absinthe, qui est une manie parisienne. C'est dans ce genre d'établissement qu'Arthur a appris l'enivrement, l'hébétude des soirs d'hiver, là qu'il est devenu familier avec l'humide promiscuité, le désordre des tables encombrées, le moelleux des banquettes, les paroles qu'on hurle pour être entendu, les rires gras, les reflets imprécis dans des glaces embuées. Ce matin, il me confie que, dans le dénuement où il se tient, il éprouve le regret de ces endroits bondés et enfumés où tout pouvait advenir et où le temps s'écoulait sans peine. Il m'apprend également qu'un jour où il avait bu plus que de raison dans un de ces cafés de fortune il a planté la lame de son couteau dans la paume de Verlaine. L'autre prétendait placer en lui une confiance aveugle : il n'a pas vu le coup venir.

Ces mots résonnent en moi jusqu'au soir : il n'a pas vu le coup venir.

Jeudi 20 août,

Le docteur Beaudier nous rend visite, ce matin, à ma demande. Je tiens à ce qu'il examine la plaie d'Arthur, sa peau abîmée, sa jambe entaillée. Le sang a cicatrisé en grosses croûtes mais les chairs, par endroits, sont restées à vif. Mon frère m'adresse un regard noir, tout à la fois réprobateur et implorant, lorsqu'il voit le vieil homme pénétrer dans sa chambre et déposer sa mallette de cuir noir sur un coin de son lit, sans précaution, comme en terrain conquis. Il s'est toujours défié des docteurs, ne croyant qu'à sa bonne étoile et ayant eu l'occasion de mesurer à plusieurs reprises les limites de son corps et les exploits qu'il est, ou plutôt qu'il était capable de lui faire accomplir. Il ne goûte guère non plus les intrusions imprévues. Je crois surtout qu'il n'aime pas lire sur la face compatissante du médecin, ni entendre dans ses soupirs énigmatiques la déchéance qu'il endure. Mais je le ferai soigner, y compris contre son gré. Il n'est pas question de le laisser mourir sans rien faire, pas question de laisser le doute nous tarauder, ni la douleur s'exercer sans qu'on s'y oppose. Arthur aura beau me rétorquer qu'il est bien à même de lutter seul, quelques médecines n'ont jamais fait de mal. J'observe le docteur quand il ausculte, quand il palpe, quand il retourne. On ne sait s'il perce une énigme ou s'il manipule de la viande. Il y a chez lui du policier et du boucher, voilà à quoi je pense. À la fin, il remballe ses ustensiles, sans desserrer les lèvres. C'est à peine s'il salue son patient quand il quitte la pièce. Sur le seuil de la porte, alors qu'il se prépare à regagner sa carriole, il pose sa main contre mon bras et il me dit simplement : « Il faudra être courageuse, Isabelle. »

Vendredi 21 août,

Je sais qu'Arthur va repartir avant qu'il ne le sache lui-même, peut-être. Cette agitation des derniers jours, cette exaspération, suivies d'une brutale accalmie, comme avant les tempêtes, les déferlements, tout cela augure d'un départ imminent. Je vois mon frère qui rumine, qui fulmine en silence, qui bouillonne au-dedans. Puis je le vois apathique, détaché, indolent. Et je comprends qu'il mûrit sa décision.

Je ne l'ai pas beaucoup pratiqué mais je le connais par cœur. Car c'est bien le cœur qui parle. Le cœur, parfois, ne se trompe pas.

Trente jours. Il ne sera pas resté avec nous plus de trente jours.

Nous aurions pu croire qu'il nous revenait pour toujours, au moins pour longtemps. Que ce retour aux sources, c'était aussi une façon d'en terminer avec l'exil. Mais non.

Nous aurions pu croire qu'il rentrait pour nous, sa mère et sa sœur, pour ce qui nous réunit malgré les malentendus, malgré les années invisibles, pour ce qui n'est qu'à nous, pour ce même sang dans nos veines. Mais non. Le sang, ça n'est pas assez.

En réalité, il n'est revenu que pour lui, pour solder ses comptes, pour boucler une boucle, pour être délivré de nous, de l'enfance, de la terre, à jamais.

Trente jours, une parenthèse ouverte et refermée. Trente jours, pas un de plus.

Samedi 22 août,

Il en a assez de se tenir assis à la table familiale, dans un indépassable silence, seulement dérangé par les gorgées de soupe qu'on avale. Assez de se traîner jusqu'à son lit d'infortune, le long de fleurs moribondes, soutenu par mes bras trop frêles. Assez de passer des heures interminables, d'un abyssal ennui, au milieu d'un paysage lugubre. Assez d'être éreinté par une froidure contre laquelle on ne peut rien, et qui glace ses os, lacère ses chairs. Il part.

Voilà ce qu'il m'annonce.

Rien dans sa diatribe ne m'étonne. Pourtant, sa dureté m'atteint au plus profond, et réveille aussitôt en moi les réflexes, à vrai dire à peine somnolents, de la sœur protectrice, de l'ange gardien : j'en appelle à sa raison même si je présume que tout est vain.

Je l'implore de renoncer à cette folie, je tente de le dissuader d'entreprendre ce périple qui peut le tuer. Mais je dois me résoudre à constater que mes prières ne font qu'aiguiser encore un peu plus sa détermination. Non, il ne m'écoutera pas. Il s'en tiendra assurément à la décision qu'il a prise et personne ne sera en mesure de le persuader de rester, ne serait-ce qu'un jour de plus, dans cet « enfer des Ardennes ».

Bêtement, je m'en remets à son sens de la famille, je le supplie de ne pas causer de peine à celles dont il partage le sang, l'histoire. Il m'oppose l'indifférence de la marâtre, qui, elle, il en est convaincu, ne verra pas d'un mauvais œil qu'il décampe, car il ne faut pas être grand clerc pour deviner qu'il est une gêne, un embarras. Mes protestations n'y font rien. « Notre famille n'existe pas, Isabelle, elle n'a jamais existé. Comment t'arranges-tu pour ne pas t'en rendre compte ? » Il prétend que mon aveuglement le sidère.

Je fais mine de ne pas relever cette pique, sa méchanceté, et je me fais médecin, savante pour le convaincre. Je rappelle les diagnostics, l'opération, les médications, les souffrances. Je le conjure de ne pas mettre ses jours en danger, de reconnaître que les métastases sont susceptibles de causer son coma à tout instant, que son morceau de jambe, sanguinolent et purulent, constitue un refuge idéal pour tous les microbes. Je souligne les risques. Il ne réplique même pas. Il ne juge pas utile de répliquer.

En désespoir de cause, je lui lance : « Mais tu iras où ? Tu feras quoi ? Tu seras qui ? » Une chape de plomb tombe soudain entre nous. Il me fixe longuement et il finit par me répondre : « Je dois partir d'ici, tu ne comprends donc pas ? N'importe quel endroit sur la terre ferait l'affaire. Oui, tout serait mieux qu'ici. En vérité, je songe à retourner dans mon Abyssinie. Je serai marchand à nouveau. Ou autre chose. J'ai déjà changé de vie. »

Je le regarde, sans plus prononcer une parole. Des larmes coulent sur mes joues. Tout est perdu. J'aurai fait mon devoir.

Il part. Qu'on ne s'y trompe pas : il ne reviendra pas. Cette fois, il ne reviendra pas. Pas en vie, en tout cas. C'est un cercueil qui nous le ramènera.

Comme s'il suivait le cheminement de ma pensée, et dans un geste inhabituel, il me prend dans ses bras. Il m'étreint et il me susurre : « Accompagne-moi jusqu'à Marseille. Accompagne-moi jusqu'au bateau. » Dans un souffle, je dis oui. Oui.

Dimanche 23 août,

Le train part de Voncq à six heures trente du matin. Pourtant, Arthur a exigé qu'on le réveille dès trois heures pour être absolument certain de ne pas le manquer. Il faut à peine une demi-heure pour parcourir les trois kilomètres qui séparent Roche de la gare mais il entend prendre toutes ses précautions. Je le soupçonne même de me croire capable de tenter de nous faire arriver en retard. C'est faux, bien sûr, puisque je me suis résolue à cette folie, à ce dernier voyage. Puisque j'ai abdiqué.

Lorsqu'on choisit de s'affranchir une fois pour toutes des terres où on aurait pu, on aurait dû rendre l'âme, pas question de rater son coup pour de pauvres questions matérielles, des horaires non respectés, des distances mal estimées, des impondé-rables qu'on ne se serait pas donné les moyens de surmonter ou des crocs-en-jambe, n'est-ce pas ? À l'heure dite, c'est notre mère qui arrache mon frère à un sommeil agité, désordonné. Elle aussi s'est résignée. Arthur prétendrait qu'elle s'est résignée il y a longtemps déjà.

Je l'habille, je le transporte jusqu'à la carriole, je le hisse à bord, j'y embarque sa malle, je referme la porte sur lui dans le froid bleuté de cette nuit qui s'achève. Je prends place à ses côtés. Notre mère reste sur le pas de la porte, les bras serrés sous sa poitrine, le visage imperturbable. Elle a jeté un châle sur ses épaules. Elle ne prononce pas une parole. À coup sûr, à ceux qui l'interrogeront demain sur les raisons d'un départ si précipité, elle se contentera de répondre : « Je n'en sais rien. »

Moi, je ne voudrais pas que cela s'achève ainsi, dans ce mutisme partagé. Je voudrais qu'il y ait des pleurs, des paroles tremblantes, des encourage-ments, des mains qui se tiennent, des regards qui ne se quittent pas, des cris étouffés, un déchirement, mais non : il n'y a que le silence. Une dernière fois.

Un des domestiques de la ferme a été réquisi-tionné pour nous conduire à la gare. Il se débrouille si mal que cela prend un temps interminable pour seulement atteler la voiture. Notre mère n'en peut plus d'attendre dans le froid et rentre à l'intérieur de la maison. Elle referme la porte derrière elle. Se peut-il que ce soit cela, la dernière vision de Roche : une porte close ?

Après un kilomètre de route, notre cheval s'arrête et refuse tout net d'avancer. Au début, nous croyons qu'il va repartir mais nous devons nous rendre à l'évidence : la sale bête s'obstine dans son refus. Dans la précipitation, le domestique a oublié d'em-porter un fouet avec lui. Impossible dans ces condi-tions de commander à l'animal récalcitrant. Comme la panique envahit Arthur, il a l'idée de prêter au conducteur imprévoyant la ceinture de cuir de son pantalon. Rien n'y fait. Mon frère gémit au fond de la carriole. Les larmes viennent avec la colère. Je le regarde, affolée, impuissante. Quand le cheval accepte finalement de reprendre sa marche, trop de temps a été perdu. Nous arrivons trop tard : le train est déjà parti.

J'y verrais la main de Dieu si je n'étais pas si lasse.

On nous informe que le prochain train passera à douze heures quarante. Qu'à cela ne tienne, il annonce qu'il l'attendra à la gare et il pourra enfin déguerpir. Je m'acharne à le convaincre que ce serait de la démence de demeurer ainsi, mal installé, dans le vent frais qui s'engouffre. Les frissons qui parcourent son corps le rendent à la raison. Nous rebroussons chemin vers Roche. C'est ce qu'on appelle un faux départ.

À la ferme, notre mère est évidemment surprise de nous voir revenir et paraît presque contrariée. Je lui explique notre mésaventure. Elle se contente de faire valoir que les travaux de la ferme l'attendent, qu'ils sont d'autant plus urgents qu'un domestique est mobilisé pour notre transport. Sans plus de céré-monie, elle nous plante là. Chez les Cuif, déci-dément, on n'est pas familier des effusions.

Arthur s'assoupit deux heures durant. Pendant ce temps, je m'assois au jardin, sous un tilleul. La silhouette qui s'approche, c'est celle de Sidonie Albinier. Elle n'est pas informée de nos projets, bien entendu, et pourtant on dirait qu'elle les a devinés. Elle m'adresse un regard bienveillant et me dit : « Alors, il repart, n'est-ce pas ? Il repart pour de bon. Et tu fais le voyage avec lui ? Et ta pauvre mère, qui est aux champs, tandis qu'il s'en va. Ne comprend-elle pas qu'elle ne reverra pas son fils vivant ? » Je ne proteste pas. Pas devant cette vieille femme qui sait tout des mystères de la vie et de la mort. Je l'observe, alors qu'elle poursuit sa route. Je songe aux secrets qu'elle emporte avec elle.

À peine réveillé, mon frère ordonne que nous attelions. C'est la même précipitation, la même urgence. Cette fois, nous arrivons à l'heure, et même largement en avance. Il patiente sur le quai. Il a l'air enjoué. Lorsque le train entre en gare, à midi quarante exactement, plusieurs hommes sont réquisitionnés pour le hisser dans son compartiment. Sur son visage se dessine une horrible grimace. Mais, aussitôt installé, un sourire y revient, lentement, péniblement. Un sifflet retentit, une épaisse fumée noire envahit le quai, le convoi s'ébranle. Arthur croit naïvement renouer avec l'ivresse des fugues.

Pourtant, les névralgies ne tardent pas à réapparaître. *« Que je souffre, que je souffre ! »* répète-t-il. *Les oreillers et les coussins sont empilés sur la banquette de face. Il essaie de s'y appuyer, de se mettre debout, de s'asseoir. Mais aucune position ne lui est favorable : le dos, les reins, les épaules, les bras, surtout l'épaule et l'aisselle droites, et le moignon sont autant de foyers atrocement douloureux. Il s'affaisse, brisé par l'effort. « Je croyais, dit-il, prendre intérêt au voyage et m'y distraire un peu ; mais je vois que c'est fini, je n'aurai plus aucun plaisir, je suis trop mal. »* Oui, bien sûr, c'est fini.

Lundi 24 août,

La traversée de Paris, en fiacre, hier au soir, dans le but de rejoindre la gare de Lyon, a été un chemin de croix. Le voyage de nuit afin de parvenir à Lyon, au petit matin : un supplice. On nous annonce maintenant que nous approchons de Marseille. Notre train a assurément des allures de convoi funèbre.

Depuis vingt-quatre heures, j'assiste *au plus effroyable paroxysme de désespoir et de torture physique qui se puisse imaginer.* J'écoute, sans rien pouvoir faire, ses cris, ses sanglots, ses spasmes, ses supplications, ses jurons. J'affronte, impuissante, sa fatigue, son abattement, sa dépression, quelque chose qui se perd. Je le contemple, alors qu'il somnole avec une expression affreuse, qu'il s'essaie, sans y parvenir, à trouver le sommeil. J'entrevois les regards effarés de ceux qui entrent dans notre wagon et en ressortent aussitôt, effrayés par ce spectacle de la misère. Pour me dérober à ce malheur, j'observe de temps à autre le paysage qui défile derrière la vitre, les jolies maisons de poupée d'où s'échappent en riant des enfants turbulents, les champs dont la verdure luit sous le soleil, les rivières qui serpentent au creux de sous-bois. Mon Dieu, est-ce possible ? Il existe encore du bonheur.

À Marseille, des employés de la gare m'aident à débarquer celui qui est devenu un agonisant. Ils sont frappés par son extrême faiblesse, par ses yeux cerclés de noir, par la sueur qui suinte de ses joues, par les frissons de fièvre qui parcourent son corps, par le sang qui macule le pansement autour de son moignon.

Ils le déposent sur une chaise et, là, à genoux devant lui, je le supplie d'accepter d'être transporté à l'hôpital de la Conception, où on l'a opéré. D'abord, il se refuse à m'écouter, prétextant qu'il n'a pas accompli ce périple pour se livrer aux médecins comme on se livre à la police. Ensuite, il tente de me persuader que le bateau lui fera le plus grand bien, que l'air du large lui sera bénéfique, que le soleil le guérira. Pauvre fou, n'as-tu pas compris que c'est le soleil qui t'a tué justement ?

Comme je continue de m'opposer à ces absurdes desseins, il finit par flancher. Au fond de lui, il sait parfaitement que l'hospitalisation est la seule solution s'il entend demeurer en vie.

Je fais appeler un fiacre aussitôt que j'ai recueilli son consentement. Il ne faudrait pas qu'il change d'avis. Je suis assise à ses côtés tandis que se dessine la forme imposante de la Conception. En franchissant le porche, je suis presque soulagée et cependant m'effleure une sombre pensée : et si c'était là, sa dernière demeure ?

Mardi 25 août,

Les médecins sont des hommes de science, pas des hommes de cœur. C'est bardés de leur savoir, de leur érudition, mais sans le moindre ménagement qu'ils m'annoncent qu'Arthur est perdu.

Ils me prient de sortir de la chambre où ils l'ont installé, et là, dans le couloir, ils détachent lentement les mots qui prononcent sa condamnation. Comme je ne réponds rien, ils me demandent si j'ai bien compris ce qu'ils viennent de me dire. Je fais oui de la tête, les yeux perdus dans le vague. Leurs paroles résonnent entre mes tempes. Le couloir n'est plus qu'un interminable tunnel qui vacille. Il s'en faut de peu que je ne m'évanouisse. Je m'appuie contre l'un des murs, je cherche ma respiration, mes mains sont moites contre le ciment froid, mon souffle est court.

Inquiets sans doute de mon affaissement, les

médecins me proposent un verre d'eau et me conduisent jusqu'à une chaise. En moi reviennent les mots d'Arthur : « *Assurément, on sera obligé de couper le reste de cette maudite jambe ; bien sûr, quelque chose de malade est resté là ; je souffre trop.* » Je les répète mécaniquement devant eux. Ils se contentent de me dire : « Oui, l'affection cancéreuse se propage. Mais il est inutile de procéder à une amputation supplémentaire. Il est trop tard. Sa vie est une question de semaines, désormais. »

Je ne les regarde pas. Je n'arrive pas à les regarder. Je fixe un point sur le sol. Je m'accroche à ce point fixe. Je ne veux pas tomber, pas crier, même pas pleurer.

J'ignorais qu'il serait si difficile d'affronter une vérité que je connais depuis le tout premier jour.

Lorsque je reviens dans la chambre, Arthur me fait remarquer ma pâleur. Je prétexte ma sensibilité à l'odeur de l'éther. Je raconte que l'édifice qui l'héberge m'impressionne aussi sûrement un peu. Je mens mal mais il ne se rend compte de rien. Sur lui, la morphine a commencé à produire ses effets.

Mercredi 26 août,

Il ne guérira pas. Il ne guérira pas.

Je me répète, en moi-même, la terrible prédiction, l'insupportable sentence.

Devant lui, mes lèvres sont scellées. Lorsqu'il lui vient l'idée de m'observer minutieusement, comme s'il me détaillait, le rouge me monte vite aux joues, de la sueur perle à mon front, mes paupières s'affolent, ma peau tressaille, je mordille mes lèvres, je masse mécaniquement mon bras gauche avec la main droite. Tout mon corps est un aveu.

Mais il plonge presque aussitôt dans une sorte de coma et il me semble qu'il ne perçoit rien de cet aveu.

Jeudi 27 août,

Je songe à mon père, disparu sans que je l'aie connu ; à ma sœur Vitalie, morte à trois mois, et dont il ne subsiste aucune trace qu'un chagrin tu ; à notre autre Vitalie emportée, elle, à dix-sept ans ; à Frédéric, l'aîné chassé, infréquentable. À la fin, mon destin est-il de perdre tous les miens, les uns après les autres ?

Vendredi 28 août,

J'ai pris un logement en ville. Bien sûr, je passe le plus clair de mon temps à la Conception mais il me fallait bien un endroit pour dormir, me laver, me changer. C'est une chambre sans charme, meublée de bric et de broc, mais bien éclairée, et qui n'est qu'à quelques enjambées de l'hôpital. Ce n'est pas un lieu d'attache, mais de passage, bien utile, voilà tout : je n'en demande pas davantage. J'ai l'habitude de la frugalité, cela ne me déplaît pas.

À Arthur qui me demande si je suis bien installée, je réponds que je dispose de tout le confort dont j'ai besoin. « Je suis content, alors. » Un léger sourire lui tord la bouche et il retombe dans cette apathie qui m'est encore étrange.

Ce soir, tout de même, je ferai du rangement, un

peu de ménage, je rapporterai des fleurs, j'arrangerai le tout à ma façon, que cela me ressemble
aussi. Que je me sente moins une étrangère.

Lundi 31 août,

Pour sa chambre, nous payons six francs par jour.
Comme Arthur gémit que cette pension n'est pas
une dépense négligeable, je lui fais remarquer qu'il
est entre les meilleures mains et qu'on s'occupe bien
de lui. Il me lance alors avec un regard glaçant :
« C'est leur intérêt de me maintenir vivant le plus
longtemps possible. On ne tue pas la poule aux œufs
d'or, n'est-ce pas ? »

Mardi 1er septembre,

Les injections lui accordent des rémissions plus ou moins longues pendant lesquelles il se montre doux, presque attentionné. Je lui souris en retour. Il me sait gré de ma générosité, de mon dévouement. En tout cas, il l'affirme. Nous sommes frère et sœur dans ces instants. Nous baignons dans un amour fraternel. Quand les effets de la drogue se dissipent, lui reste-t-il au moins le souvenir de cet amour ?

Ses piqûres lui redonnent un peu d'espoir aussi. Puisqu'il ne souffre plus, il feint de croire que le cancer cesse d'exercer sa sale besogne, que la course désordonnée et irrésistible des ganglions est stoppée, qu'un rétablissement est possible. Et moi, je n'ose pas le contredire. Il sera toujours temps de lui apprendre la vérité.

Nous nous mentons pour ne pas pleurer.

Jeudi 3 septembre,

Il écrit au docteur Beaudier afin de lui demander de lui faire parvenir la jambe artificielle dont il a passé commande. Il indique que, muni de cet appendice, il pourra « partir d'ici ». Le pense-t-il vraiment ? D'où lui vient cet espoir furieux ? Est-il saisi à nouveau de cette fièvre qui lui a fait traverser des déserts, parcourir des continents, mépriser la vindicte, contrecarrer les coups du sort ? Elle ne l'aurait donc pas abandonné, cette extraordinaire, cette extravagante détermination qui confine à la démence ?

Comme je m'étonne devant lui et fais observer qu'aucun départ n'est envisageable « pour l'heure », il se lance dans le récit des obstacles qu'il a dû contourner, en Afrique : il prétend avoir surmonté des passes « autrement difficiles ».

Il se souvient de l'accablante moiteur de Port-Saïd, porte d'entrée du canal de Suez, alors qu'il se préparait à descendre la mer Rouge. De l'accueil franchement brutal que lui ont réservé les colosses du cheikh, à Djedda, tandis qu'il cherchait un travail qu'on n'avait nulle intention de lui procurer. De Souakin, au Soudan, où, une fois de plus, on lui a expliqué qu'on ne voulait pas de lui. Puis ce fut Massaoua, en Érythrée, où il a trouvé closes les portes du consulat de France, le consul ayant préféré fuir la peste plutôt que d'assurer la continuité de la présence française. Il lui a semblé être partout l'indésirable. Pourtant, il n'a pas abdiqué. Lorsqu'il est finalement parvenu à Hodeïda, en Arabie turque, n'ayant ni mangé ni bu depuis des jours, souffrant de cette chaleur qui supprime l'air, il ne portait plus que des haillons et il a cru sa dernière heure arrivée. Mais il s'en est sorti encore, grâce au soutien d'un quinquagénaire bedonnant nommé Armand Trébuchet, négociant de son état, qui lui a tendu une gourde d'eau fraîche. Plus tard, en Abyssinie, il a été surpris par l'altitude, qui prive le pays du climat équatorial auquel il s'attendait. Mais il s'y est accoutumé aussi. Il a affronté des étendues interminables, des paysages infinis, un atlas incroyable. Il a côtoyé des tribus dont il n'entendait pas les langages, contemplé des cadavres de femmes et d'hommes tués par la faim, oubliés sur cette terre rouge. À chaque fois, il a poursuivi son chemin. Dans la fournaise d'Aden, construite à même le cratère d'un volcan, où s'alignent des baraquements blancs comme ceux d'une caserne, il s'est abruti à la tâche, exerçant les pires besognes. Il ne s'est pas découragé. Au Harar, atteint après avoir piétiné pendant des semaines, poussé par une sorte de rage, dans le désert de Somalie, au milieu du sable et des cailloux, il a déployé des efforts surhumains, lutté contre la paresse de tous les autres, contre l'inertie d'un pays entier, contre la corruption et la violence, il s'est engagé tête baissée dans le combat. Cent fois, il a frôlé la mort. Mais il a survécu. Il a tenu bon.

« Alors aujourd'hui, comprends-tu, ça n'est pas une jambe malade qui va m'arrêter ? Et puis comment voudrais-tu que je renonce à l'envoûtement de l'Afrique ? »

Dimanche 6 septembre,

Il a encore abandonné du poids, lui qui n'a jamais été bien épais. C'en est même effrayant : où qu'on pose le regard, on devine le squelette et on craint à tout moment que des os ne viennent déchirer la peau. Il faut dire que, par endroits, l'épiderme est presque transparent. Les veinules sont très visibles, violettes, autour de ses yeux. Ses omoplates sont saillantes, sa pomme d'Adam surplombe une crevasse. À ses bras, la chair pend, un peu fripée. Son pauvre torse est rachitique et ses hanches sont plus fines que jamais. Le long de son dos, ses côtes dessinent sa carcasse. Seule sa jambe malade est enflée, et cette protubérance ne fait que renforcer la maigreur de sa jambe encore saine. C'est un spectacle désolant, presque insoutenable qui soulève le cœur de ceux qui passent dans le couloir et l'aperçoivent, par la porte ouverte, sur son lit.

Son bras gauche est gagné par une sorte de paralysie depuis hier. Il a beau le frotter sans cesse, il ne sent plus son membre, qui ne lui obéit presque plus. Je devine que cela le rend très nerveux, qu'il s'agace, qu'il prend peur, qu'il redoute que cette ankylose ne se généralise, que cet engourdissement ne se transforme en hémiplégie. Le voilà un peu plus neutralisé, sclérosé, lui qui ne bouge déjà presque pas.

Les piqûres de morphine, qu'on lui administre de plus en plus souvent, le font s'abîmer dans une torpeur singulière. Décidément, je ne m'accoutume pas à sa somnolence, à sa léthargie.

Pour autant, il a toujours le sommeil difficile, traversé de crises, de convulsions, de cauchemars, de tétanies. Si bien qu'il est perpétuellement épuisé alors que son activité est quasi nulle. Il paraît chancelant, hébété, égaré. Ceux qui ne l'ont pas vu depuis longtemps ne le reconnaîtraient pas. Ses amis d'Afrique qui lui adressent des lettres gentilles distingueraient avec peine le voyageur flamboyant derrière ce vieillard fantomatique.

Mais, en réalité, il suffit qu'il rouvre les yeux pour être à nouveau tout à fait lui-même, unique, immédiatement identifiable. L'éclat du regard est intact. On y lit une terrible résolution.

Mercredi 9 septembre,

Il lui arrive de perdre la raison. Parfois, il s'éveille brusquement, comme s'il revenait de profondeurs, et il ne me reconnaît pas. Il m'observe bizarrement et finit par me dire : « Qui êtes-vous ? » Il faut un courage qu'on ne soupçonne pas pour ne pas éclater en sanglots, pour ne pas s'enfuir. À d'autres moments, il ne se rappelle plus ce qu'il fait ici, à la Conception. Il interroge les infirmières qui poursuivent leur ouvrage comme si elles n'avaient pas entendu, ou qui lui répondent calmement, comme on procède avec les enfants ou les gâteux. Il tente aussi de se lever mais il ne peut s'appuyer sur ses bras, qui lui font défaut, et il se contente de gesticuler en hurlant qu'on le détache alors qu'il n'est entravé par aucun lien. Ce spectacle est tout simplement terrifiant. C'est celui d'un homme qui se perd, qui s'oublie.

Vendredi 11 septembre,

Ce matin, il m'annonce, de manière très péremptoire, qu'il songe à se marier. Il est grand temps de prendre femme, estime-t-il. Il affirme que ses jours sont comptés, il lui faut donc régulariser sa situation au plus vite. Il parle de noces comme on met ses affaires au clair, comme on achète ou on vend une parcelle de terrain, des bestiaux. J'ai beau lui répéter qu'il ne fréquente personne et que ces épousailles ne sont tout simplement pas envisageables, faute de candidate, il me soutient qu'il s'agit d'une entreprise de la plus grande urgence. Je n'ai pas le courage de m'opposer à lui très longtemps.

En revanche, il est lucide, j'en suis certaine, lorsqu'il me lance : « C'est un bien grand regret pour toi, pour notre mère, n'est-ce pas, que je ne sois ni un mari ni un père ? Vous avez longtemps espéré, pas vrai ? Je ne pouvais que vous décevoir, évidemment. »

Oui, je le concède, nous l'avons fait souvent, ce vieux rêve idiot, de le voir fonder une famille, élever des enfants, s'installer quelque part pour de bon, exercer un métier honorable. Nous pensions que cela le sauverait des flammes de l'enfer.

Il prétend qu'il n'a jamais tellement su se débrouiller avec les femmes. Ainsi, il n'a jamais su leur parler. Sa maladresse avec elles tournait vite à l'agressivité, son inconfort à l'impatience.

Pour expliquer cette inaptitude à aller vers elles, il se plaint de n'avoir connu que les exigences de la mère, et ses demandes lancinantes de retour à la maison, ses colères blanches, ses tendresses désespérées, ses mains tendues et ses bras fermés. Il se souvient aussi de l'affection pure, sincère de Vitalie, mais cette affection était étouffante : il a éprouvé souvent le besoin de s'en déprendre. Il m'assure qu'il tient énormément à moi mais que la figure d'une sœur peut détourner de l'amour des autres femmes. Il me déclare qu'en réalité il a été perdu presque tout de suite pour les femmes. Il ne me semble pas qu'il exprime un regret.

Les hommes ont logiquement constitué la compagnie décisive de son existence. À seize ans, il ne savait rien ou presque. Il se contentait de se sentir des attirances. Il était capable de les localiser. Cela l'a-t-il effrayé ? Moins que je ne le souhaiterais. À dix-sept ans, tout était joué : il avait découvert les étreintes innommables. Il avait appris les gestes inqualifiables.

À la fin, comme pour mettre un peu de baume à mon cœur meurtri, il me dit : « Rassure-toi, je me suis bien mal arrangé de mon désir des hommes. »

Je recopie ces mots en tremblant. Je le fais par égard pour la vérité, et parce que je ne veux rien perdre de ses derniers instants, parce que ce journal, au fond, ne sert qu'à cela : conserver la trace de ce qu'il fut, au moment de quitter ce monde. Je tiens à être honnête, à ne rien omettre, à restituer ses exactes paroles. Mais quand le temps adviendra de livrer mon frère à la postérité, de témoigner de ce que furent sa vie et son œuvre, je devrai faire des accommodements avec la réalité. Du reste, ce n'est pas manquer à l'authenticité ni trahir que de censurer ce qui fait outrage aux bonnes mœurs. Au contraire, on devrait me remercier de songer à gommer les détails les plus scabreux, les épisodes les plus scandaleux. Arthur Rimbaud ne peut entrer souillé dans l'Histoire.

Dimanche 13 septembre,

Après tout, lui-même a choisi de ne pas tout léguer à ceux qui viendront après lui, qui s'empareront de lui une fois qu'il sera mort, qui lui fabriqueront une éternité. Lui-même a décidé, un soir, de soustraire aux survivants ce qu'il estimait devoir leur cacher. Car je l'ai vu, un jour, brûler des manuscrits, faire un immense feu de joie et de fureur avec des pages remplies, s'adonner à un véritable autodafé. Oui, il a tout jeté avec rage, dans notre cheminée, et il y a eu des flammes énormes, et des étincelles ont crépité dans notre cuisine. J'ai vu des bouts de papier virevolter, accrochés à des flammèches, avant de toucher le sol, noircis, éteints, réduits à l'état de cendres. Je l'ai vu détruire, saccager des phrases qu'il avait pourtant écrites. En son âme et conscience, il les a bien supprimées, rayées de sa mémoire pour qu'elles ne figurent jamais dans la nôtre. Je n'ai pas de raison de croire que ces phrases étaient moins empreintes d'une intime vérité que celles qu'il nous a finalement laissées. Simplement, il a jugé préférable de les garder pour lui, de les emporter avec lui. Il n'aura pas voulu nous les imposer, nous mettre à l'épreuve. Qui songerait à le lui reprocher ? C'était là l'acte d'un homme libre, même si cela avait l'apparence de la démence. Comme il n'est plus aujourd'hui en mesure de distinguer le bien du mal, c'est à moi qu'incombe cette lourde tâche. Quand il ne sera plus des nôtres, y aura-t-il personne mieux placée que moi pour faire le tri ? S'il en est une, qu'on me la nomme et je m'inclinerai. Je suis sereine : on ne nommera personne et je me débrouillerai par moi-même. Je promets de ne pas le trahir. Et je veillerai à ne pas le salir.

Mardi 15 septembre,

C'est affreux, il ne se débarrasse pas de ses obsessions. Celle de regagner Aden ne le lâche pas, ne lui laisse aucun répit. Même dans son sommeil, il parle de ça, le retour à Aden.

Aujourd'hui, dans son délire, il a évoqué un nom : Djami. Il l'a répété plusieurs fois. Il a lancé : « Je dois retrouver Djami, là-bas, à Aden. » Une fois qu'il a recouvré ses esprits, je porte à sa connaissance les mots qu'il a prononcés tandis qu'il dormait. Il me confie que Djami est un jeune Abyssinien, vingt ans, silencieux, la peau brune, les yeux clairs. Il l'a rencontré au pied de l'affreux roc, au cœur de la fournaise.

Alors il est en mesure de me raconter l'histoire : « Avant lui, j'ignorais qu'un sentiment pouvait s'insinuer. Je croyais que c'était là, un jour, posé devant soi, comme une évidence indiscutable. Avec lui, c'est venu lentement, sans que je m'en rende compte. Je le croisais chaque jour, je le regardais à peine, rien ne me portait vers lui. Et, un matin, j'ai compris. Compris que sa présence était devenue un baume, que son absence était une brûlure. Un matin, à force de l'avoir à mes côtés, j'ai pris conscience que je ne serais plus capable de me passer de lui.

« Il y a des hommes qui mettent une vie à devenir ce qu'ils sont : je suis de ceux-là.

« Je m'étais pourtant juré qu'on ne m'y reprendrait plus. Tu n'imagines pas les résistances que j'ai dû vaincre, les inhibitions qu'il m'a fallu surmonter, les illusions que j'ai été contraint d'abandonner pour seulement m'accepter en amoureux.

« Non, Isabelle, je t'en prie, ne baisse pas les yeux, ne te compose pas cette mine dégoûtée. Tu dois m'écouter. Tu dois m'écouter maintenant. Je sais que notre mère t'a mise en garde contre "mes disgrâces", comme elle les appelle. Qu'elle m'a condamné pour m'être détourné de "ce qui n'est pas autorisé, approuvé par de bons et honnêtes parents", ainsi qu'elle l'a écrit à Verlaine. Mais il faut que tu comprennes que ce que je te raconte, c'est une histoire d'amour.

« Et si toi, qui as été élevée dans une ferme, avec la bonne odeur de foin et la boue qui colle aux chaussures ; toi, qui as été jetée vers Dieu comme on précipite une portée de chiots morts à la rivière, dans un sac ; toi, qu'on a maintenue dans l'ignorance et la bigoterie ; si toi tu consens à admettre une aventure humaine comme celle-ci, alors il existe des raisons de ne pas désespérer tout à fait.

« Voudras-tu me laisser un peu d'espoir ?

« Je t'assure que je croyais sincèrement en avoir terminé avec le désir, avec la chair, avec la douleur. Je n'espérais plus qu'en l'effort. J'avais annoncé mon intention de me marier, déjà. Djami a fait exploser ce bel ordonnancement.

« Avec lui, j'ai redécouvert la ferveur, la fièvre, les incendies intérieurs. Et, dans le même mouvement, le grain merveilleux de sa peau, son sourire rare et fatigué, son attention apaisante, ses gestes économes, sa présence tranquille m'ont rassuré au-delà de ce que j'ai jamais recherché.

« Il était là alors qu'il n'y avait plus personne. Il a tout obtenu parce qu'il n'a rien demandé. Il a veillé sur moi comme un frère. Il a partagé ma couche.

« Apprends que, dans une ville qu'on appelle Le Caire, il m'a sauvé la vie. Sa patience infinie et une affection de tous les instants m'ont convaincu de ne pas mettre fin à mes jours. *J'avais les cheveux absolument gris* et il m'a redonné la jeunesse.

« Si je tiens tant à retourner en Afrique, c'est pour lui. Pour reprendre, là où je l'ai laissé, le regard qu'il m'adressait tandis que les porteurs me hissaient sur une civière, dans le but de me conduire à Aden d'où j'ai pris le bateau pour Marseille. Pour être vivant, une dernière fois. »

Vivant, une dernière fois.

Jeudi 17 septembre,

C'est quoi, être un homme, Arthur ?

Que me répondrait-il si je lui adressais cette question ? Détournerait-il son visage pour me signifier un refus ? Lèverait-il les yeux au ciel pour me faire toucher du doigt combien cette interrogation est absurde ? Ou bien dirigerait-il son regard vers le sol, comme pour chercher en lui-même ? Ou enfin m'observerait-il, droit, immobile, désemparé, désarmé ? Quoi ? À quoi ressemblerait sa face, en cet instant de vérité ? Y aurait-il une grimace, un soupir d'exaspération ? Un silence de recueillement ? Un air triste et hébété ? Alors qu'il gît comme ne gisent que les cadavres, avec son masque de cire, impénétrable, ses traits épuisés, ses orbites creusées, ses membres d'enfant, son corps disloqué, que m'apprendrait-il à propos de ce qu'est un homme ?

Évoquerait-il la figure triomphante de l'adolescent, cette grâce tranquille et magnifique, cette assurance sans arrogance, l'éclat de ses seize ans ? Devient-on un homme lorsque l'armature se déploie, et que la sensualité soudain déborde ?

Me dirait-il les torses qui s'emboîtent, les mains qui effleurent les paupières closes, les doigts qui se nouent, les jambes de l'un qui s'enroulent autour de la taille de l'autre ? Est-on un homme quand on fait l'épreuve de la chair ?

Accepterait-il de parler de sa poésie, de ses vers qui éclaireront les siècles à venir, de ses mots si bien trouvés, si bien agencés qui aveuglaient les bien-pensants, qui stupéfiaient les voyants ? Un homme, est-ce son œuvre ?

Raconterait-il la peau qui affronte le soleil, les muscles dans l'effort, la carcasse qui résiste, les bras qui cognent contre la pierre ? Oui, faut-il avoir surmonté l'adversité ?

Nommerait-il le temps qui façonne, la sagesse qui forge, les épreuves qui polissent, les années qui sculptent, jusqu'à ce que nous ressemblions, à s'y méprendre, à ces statues de marbre, posées dans les jardins, et que le lierre enlace ? Être un homme, est-ce seulement vieillir ?

Un homme est-il ce qu'il laisse, ce qu'il lègue ? Notre héritage est-il le témoignage de notre existence ? Ou bien peut-être que seul compte l'instant.

Est-on la somme de ses peurs, de ses rancunes, de ses chagrins, de ses souffrances ? Ou celle de ses étreintes, de ses abandons, de ses désirs, de ses plaisirs ? Ou les deux ?

Il ne répond pas aux questions que je ne lui pose pas. Il est une énigme et je suis une ignare.

Dimanche 20 septembre,

Tandis que je l'observe, grimaçant de douleur, s'accrochant désespérément à son moignon enflé, je songe à nouveau qu'il a été frappé exactement là où se tenaient sa force et sa raison de vivre : à la jambe qui commande la marche. Serait-ce d'avoir été trop sollicitée ? Il aurait pu être atteint de tuberculose, de paludisme, de toutes ces maladies exotiques qu'on n'attrape qu'en Afrique. Non, le mal a préféré s'attaquer à la jambe, pour l'empêcher de marcher, pour le contraindre à s'arrêter, pour l'obliger enfin à mettre un terme à cette fuite éperdue, à cette fugue commencée il y a plus de vingt ans.

Il était fait pour les grands espaces, pour les chevauchées. L'immensité est la seule mesure qui lui aura convenu.

Mardi 22 septembre,

J'écris à notre mère. À elle, je ne dissimule pas la vérité. Au contraire, je la lui délivre toute nue, toute crue. Je lui dis qu'Arthur va mourir, que c'est une certitude désormais, qu'il s'agit de ne nourrir aucune espérance. Je lui donne les détails que je tiens des médecins. Elle doit me croire, ne pas penser que sa fille est égarée par la douleur ou par ce séjour prolongé à l'hôpital. Elle doit apprendre que le doute n'est pas permis. La dernière incertitude qu'il reste à lever, c'est la durée de son agonie. Cela peut prendre encore plusieurs semaines ou se terminer dans l'heure, en cas de *complication foudroyante*. Je m'efforce de demeurer objective, autant qu'on peut l'être face à une telle échéance.

Et puis je lui fais observer que ses lettres sont bien rares. Que je me sens bien seule. Et que mon agonisant pourrait s'étonner du peu de cas qu'elle fait de lui. Je sais ses occupations, bien entendu, la charge qui pèse sur ses épaules, les difficultés qu'elle rencontre avec les domestiques. Je connais aussi sa réserve naturelle : elle a toujours gardé par-devers elle ses peines. Mais tout cela, pas plus que la distance géographique entre nous, ne saurait expliquer un tel éloignement, à nouveau. Il est des silences, parfois, qui blessent plus sûrement qu'une injure. Et des incuriosités qui ressemblent à s'y méprendre à des abandons.

Samedi 26 septembre,

Quand il dort le jour, il est réveillé en sursaut, il me dit que c'est un coup qui le frappe au cœur et à la tête tout à la fois qui le réveille ainsi ; quand il dort la nuit, il a des rêves effrayants et il est raide au point de ne plus pouvoir faire un mouvement, le veilleur de nuit l'a déjà trouvé en cet état, et il sue, il sue jour et nuit par le froid comme par la chaleur. Depuis que la raison lui est revenue, il pleure toujours, il ne croit pas encore qu'il restera paralysé (si toutefois il vit). Il se cramponne à la vie, à l'espoir de guérir, et comme il se sent toujours bien malade et que maintenant il se rend compte de son état la plupart du temps, il se met à douter de ce que lui disent les docteurs, il les accuse de se moquer de lui, ou bien il les taxe d'ignorance. Il voudrait tant vivre et guérir qu'il demande n'importe quel traitement, si pénible qu'il soit. Il voudrait abso-lument avoir sa jambe articulée, pour essayer de marcher, lui qui, depuis un mois, n'a été levé que pour être posé tout nu sur un fauteuil pendant qu'on faisait son lit ! Il pleure en faisant la différence de ce qu'il était voilà un an avec ce qu'il est aujourd'hui, il pleure en pensant à l'avenir où il ne pourra plus travailler, il pleure sur le présent où il souffre cruellement, il me

prend dans ses bras, en me suppliant de ne pas l'aban-
donner. Je ne saurais dire combien il est pitoyable,
aussi tout le monde ici l'a en grande pitié ; on est si
bon pour nous que nous n'avons même pas le temps
de formuler nos désirs : on les prévient. On le traite
comme un condamné à mort auquel on ne refuse rien.

Lundi 28 septembre,

Que croient-ils tous, à me voir ainsi impassible ?
Que je suis insensible ? Se fient-ils à ce point aux
apparences ? Sont-ils à ce point incapables de
deviner que j'ai envie à chaque minute de hurler
comme un chien attaché depuis trop longtemps à
une laisse et que je m'en empêche parce que j'entends que la dignité l'emporte à la fin ? Ne com-
prennent-ils pas que je me retiens de pleurer au
long des couloirs mornes de cet hôpital, que je
ravale mes larmes ainsi qu'on me l'a appris dès l'enfance, que je m'oblige à ne pas céder parce que,
dans notre famille, on ne cède pas ? Songent-ils
sérieusement que je traverse cette épreuve sans rien
ressentir, sans être lacérée par la souffrance, la
peur, le désespoir ? N'envisagent-ils jamais que la
blancheur de mon visage puisse n'être qu'un
masque, qui dissimule ma terreur, mes désirs d'abdication, mon impuissance ? Conçoivent-ils que je
déploie des efforts formidables juste pour ne pas
devenir folle ? Je voudrais leur crier que mon
chagrin et mon désordre intérieur sont sans bornes,
les appeler à l'aide, au secours dans les instants du
plus grand désarroi, tomber à genoux et ramper
pour qu'ils aient enfin un peu pitié de moi, mais je
tiens en horreur depuis toujours ceux qui se
donnent en spectacle si bien que je me résigne à

leur mépris silencieux, à leur stupidité d'ignorants. Et puis je me souviens trop du calvaire de mon frère pour laisser s'échapper une plainte. Mais, moi, je sais bien ce qu'il en est. Je sais que ces jours me consument, me détruisent, m'anéantissent, et que ce qui m'attend désormais, ce n'est rien d'autre qu'une existence d'éclopée, de convalescente irréparable.

Jeudi 1ᵉʳ octobre,

L'abbé Suche est un brave homme. En sa qualité d'aumônier de l'hôpital, c'est lui qui dit la messe à la chapelle. Le dimanche, nous sommes quelques-uns à aller l'entendre. Ses ouailles sont des mourants et ceux qui les accompagnent. Il faut voir cette assemblée de boiteux, d'infirmes, de terrassés et ces corps tristes, accablés, éreintés qui, par la grâce d'un sermon, se redressent un peu et communient.

L'abbé pourtant ne propose pas de faux espoirs, ne promet rien que le Seigneur ne pourrait tenir. Il s'arrange aussi pour ne pas évoquer l'au-delà. Il choisit son vocabulaire et ses images, il parle d'amour et de rédemption, et nous le croyons.

Pour ce qui me concerne, aussitôt que sa voix douce et calme résonne entre les murs de cette humble maison de Dieu, je me sens un peu soulagée de mon fardeau. Oui, c'est comme si j'étais moins lourde, moins écrabouillée.

L'abbé Suche a des mots simples. Je ne lui connais pas d'élans lyriques et sa lecture des Saintes Écritures convient aux âmes modestes, dont je suis.

Son humanité est profonde mais accessible à chacun. Il ne chemine pas dans les hauteurs. Il nous guide modestement sur le chemin qui reste à accomplir.

Samedi 3 octobre,

Arthur me commande de lui raser la tête. Il ne supporte plus ses cheveux collés à ses tempes, humides à son cou. Et il en a assez des déman-geaisons. Je résiste un peu parce que je redoute que cette opération ne souligne encore plus l'affreuse maigreur de son visage, ne fasse saillir davantage encore ses traits creusés. Mais comme il insiste, comme sa requête est impérative et ne souffre aucune réticence, je m'exécute. Je disperse le plus gros de sa chevelure avec les ciseaux qu'une infir-mière m'a confiés puis je ratiboise le restant à l'aide d'un rasoir. Je surmonte les bosses, j'épouse les cavités. Parce que ma main inexpérimentée tremble, je le coupe au-dessus de l'oreille et un mince filet de sang s'écoule jusqu'au lobe. Lorsque j'en ai fini, il me prie de lui tendre un miroir. Il se regarde long-temps comme s'il se découvrait, comme s'il faisait connaissance avec cet autre, coincé dans un reflet. Une fois son inspection achevée, il me lance : « Je ne me rase la tête que dans les grandes occasions. La dernière fois, c'était pour la mort de Vitalie. Sans doute allons-nous enterrer quelqu'un bientôt. » Et il part d'un rire sardonique, dont j'entendrai l'écho, j'en suis certaine, jusqu'à la dernière de mes heures.

Dimanche 4 octobre,

Alors que nous ne l'attendions plus, la jambe articulée vient de nous être livrée. Le docteur Beaudier aura tenu parole. D'Attigny, il nous fait parvenir cet étrange appendice, cette curieuse mécanique. La prothèse est là, dans son coffret, rutilante, prête à servir. Je me réjouis de la présenter à Arthur qui commençait à s'impatienter, qui doutait qu'elle arrive jamais. Mais mon frère est dans un de ces jours où son moral est au plus bas, où tout lui paraît perdu, où rien ne saurait l'extraire d'une pesante torpeur. Il me chuchote que cette solution de substitution vient trop tard, que son moignon ne souffrira jamais pareil attelage. Il se dit convaincu de ne plus être en mesure de marcher à nouveau. Sa pauvre face est soudain envahie de sanglots. Je dépose sur le lit mon cadeau inutile et je saisis les mains de mon agonisant. Je lui conseille de ne plus penser à tout cela et de se reposer. Il sombre presque aussitôt dans une sorte de coma.

Lundi 5 octobre,

Les docteurs lui mentent.

À moi, ils affirment, sans hésitation, que son état est sans espoir, qu'il ne reste qu'à attendre la mort, que ses jours sont comptés désormais, que même un miracle est hors de portée. Ils me glissent qu'ils sont d'ailleurs stupéfiés par son endurance, admiratifs devant sa ténacité, et le fait qu'il soit encore de ce monde leur apparaît tout simplement comme un défi à la médecine, à leur savoir. Ils ajoutent, un ton plus bas, que, s'il n'y avait pas « ce drame épouvantable qui se prépare », je pourrais presque être comblée de l'avoir encore avec moi. « En général, assurent-ils, les agonies sont beaucoup plus brèves. »

Cependant, lorsqu'ils se présentent devant lui, lors de leurs visites solennelles, qui ressemblent à des processions, à des houles, ils tiennent un langage parfaitement rassurant. Ils prétendent que la progression du mal est enrayée, que le corps réagit positivement aux médications qu'ils ont ordonnées, que les injections de morphine seront réduites si l'amélioration se confirme, que son moignon a bien dégonflé, que de nouveaux traitements, « très prometteurs », lui seront peut-être administrés, bref, que « les nouvelles sont bonnes ». Je suppose qu'il s'agit pour eux de ne pas ajouter la dépression au cancer mais, à ce stade, on ne peut plus parler d'omissions ou de légers travestissements de la réalité : ce sont bien des mensonges, des mensonges éhontés.

Et moi je les laisse dire puisque Arthur semble rasséréné par leurs paroles. Puisque, sur le moment, il semble les croire. Et, s'il ne les croit pas, au moins, il fait semblant. Je dois donc, moi aussi, me plier à cette comédie tragique. Pendant que les savants discourent, je ne cille pas. Certains jours, je ponctue même leurs balivernes d'un « tu vois, il n'y a pas à s'inquiéter », peu convaincant sans doute, mais affectueux au moins.

Au fond, les uns et les autres, nous n'aimons guère la vérité.

Mardi 6 octobre,

Tout de même, songe-t-il à la mort, parfois ? On ne me fera pas croire qu'il n'y songe pas. C'est impossible de faire comme si elle n'était pas alentour, comme si elle ne rodait pas. À n'en pas douter, il sent que sa dernière heure approche. Comment pourrait-il ne pas voir, malgré les fantaisies des médecins, que la pourriture gagne du terrain, qu'une sorte de moisissure décompose le moignon chaque jour un peu plus, que, s'il perd parfois connaissance, c'est parce que les métastases s'attaquent au cerveau, que son vieillissement s'accélère, que la lumière vacille ? Je suis persuadée qu'il lui arrive de saisir nos messes basses, les inquiétudes ou les épouvantes que son état inspire, les spéculations que nous formons pour nous-mêmes sur le temps qui reste, les chances que nous soupesons, qui reculent avec le poids qu'il perd, avec l'énergie qui s'épuise. Il ressent forcément que chaque effort lui coûte, que chaque geste l'affaiblit, que les draps sont rugueux à la peau qui part en lambeaux. Oui, comment ignorer la mort qui vient ?

Et, du reste, s'habitue-t-on à cette idée ? Devient-elle familière, presque rassurante ? Se résigne-t-on avec calme, sans se débattre ? Accepte-t-on son sort, quand on sait ne plus être en mesure de s'y opposer ? Abandonne-t-on, un matin ou un soir ? Laisse-t-on la forme noire se faufiler ? Est-il un moment où on admet, une fois pour toutes, que la résistance est vaine, que la lutte peut finir ?

Il récuserait cette abdication, j'en suis sûre. Je le connais : il se battra jusqu'à la dernière seconde, jusqu'au dernier souffle de vie. Il ne démissionnera pas, il ne s'en remettra pas à Dieu. Contre l'évidence, il croira s'en sortir une fois de plus. Il se souviendra qu'il a triomphé d'autres périls.

Il s'est penché sur des abîmes. Il a failli tomber à plusieurs reprises. Mais il n'est pas tombé, finalement. En équilibre sur le vide, il n'a pas connu la chute. Il est survenu des affaissements, des glissements, des déconfitures, des découragements, mais toujours la vie l'a emporté. Devant le soleil, il est demeuré vivant.

Et précisément, à l'instant où j'écris ces lignes, sur sa peau qui tressaille, sur son visage amaigri, sur son corps décharné, c'est encore un peu de soleil qui passe. C'est un peu de lumière jaune qui fait plisser ses yeux aveuglés, qui creuse ses rides.

Jeudi 8 octobre,

À lire la réponse qu'elle m'adresse, je prends conscience que j'ai eu grand tort de témoigner à notre mère une sorte d'abattement mêlé de frayeur. Dans une lettre arrivée tout à l'heure, voici ce qu'elle exprime : « Cette maladie est un châtiment de Dieu, ma fille. Ton frère paye pour ses péchés, ne t'y trompe pas. Même si notre tristesse est grande, songe qu'il y aurait eu une injustice à ce qu'il fût exonéré de ses fautes. Et c'est pourquoi tu ne risques pas, toi, d'être contaminée. Notre-Seigneur ne se trompe jamais : Il sait qui sont Ses fidèles serviteurs. » Le jour où l'on m'interrogera à propos de ma famille, j'aurai détruit ces mots.

Vendredi 9 octobre,

Désormais, Arthur ne veut plus recevoir ses soins que de moi. Il se méfie des infirmiers qu'il accuse d'être brutaux et insensibles et qu'il soupçonne de s'occuper mal de lui par pure cruauté. C'est donc moi qui lui administre ses potions. C'est moi encore qui le frictionne. On m'a fourni des huiles, des essences, des onguents. À moi de m'en débrouiller. Je masse son dos courbaturé, sa jambe sclérosée, sa chair malade. Je refais ses pansements aussi, à l'aide de flanelle. Je l'oblige à boire du lait, dans l'espoir d'éviter l'occlusion de ses intestins. J'apprends les gestes qu'il convient d'accomplir. J'apprends très vite.

On me laisse même lui appliquer dans le bras les décharges électriques qui sont supposées lui rendre de la sensibilité. Le technicien qui s'en chargeait jusque-là m'a montré comment m'y prendre. Dorénavant, je sais installer l'appareillage sur ses membres et repérer les stimulations aux frémissements de sa peau, à la contraction de ses mains. Je constate que les réactions se font de plus en plus rares et que mon frère perd peu à peu l'usage de tous ses membres. Admettons-le sans détour : c'est d'un paralysé que je m'occupe. D'un impotent. D'un grabataire.

Dimanche 11 octobre,

Je tente d'adoucir ses souffrances mais les crises sont de plus en plus rapprochées. Je l'aide à manger mais il refuse la nourriture ou il la rejette, aussitôt ingurgitée. Je refais son lit mais les draps sont dans un affreux désordre, une heure plus tard. Le matin, j'ajuste ses bandages qui s'effilochent avant le soir. Je lui cause mais il est plongé de plus en plus souvent dans la léthargie. Je change son linge mais la sueur et le sang me contraignent à renouveler l'opération. Tout est voué à l'échec. Tout est inutile. Je cède au découragement. Je crois qu'il est grand temps que la mort advienne.

Lundi 12 octobre,

Arthur reçoit la visite de l'un de ses amis d'Afrique. Augustin Bernard est un de ces Français qui résident à Aden, il s'y livre au négoce. Il était déjà présent, en ce funeste mois de mai, où on amputait mon frère. C'est donc un retour qu'il effectue à l'hôpital de la Conception. Et, bien sûr, il est effaré par le spectacle qui lui est offert. Il a d'abord un mouvement de recul. C'est à peine s'il peut soutenir le regard affolé, égaré de notre malade, affronter son corps détruit qui préfigure le cadavre. Lorsqu'il est enfin capable de fixer son attention, on a l'impression qu'il a du mal à le reconnaître. Il cherche celui qu'il fut, l'homme sur ses deux jambes, l'infatigable promeneur, l'âpre marchand, l'ami peu causant mais lumineux. Et il lui faut renoncer. Arthur n'est plus qu'un spectre, une ombre. Il n'est lumineux que dans le souvenir.

Nous nous retirons, lui et moi. Et là, dans le couloir, il me confie son désarroi, son accablement. Je tente de le réconforter en vain. L'homme pleure sur les années de la jeunesse, qui furent belles sans doute, et qui ne reviendront plus. Il pleure sur les conquêtes passées qui annoncent les retraites à venir, sur les victoires d'hier qui sont les défaites de demain. J'enlace cet homme que je rencontre pourtant pour la première fois. Mais ce n'est pas impudent, ce n'est pas déplacé. Notre intimité est celle des dépossédés.

Plus tard, alors qu'il a recouvré ses esprits, je devine qu'il brûle de me poser une question, sans parvenir à sauter le pas. Alors je l'aide un peu, et finalement, il se lâche : « On dit que votre frère fut un poète considérable, qu'il participa à de grandes aventures littéraires il y a vingt ans à Paris. Nous avons du mal à l'imaginer, nous qui ne l'avons connu que commerçant, nous qui ne sommes, nous-mêmes, que d'humbles commerçants. Me confirmerez-vous que cela est bel et bien la vérité ? Car il ne nous a jamais parlé de rien et nous n'avons eu vent de cette affaire que par des relations restées en France, qui fréquentent des cercles où son nom, paraît-il, est entouré de mystères et de louanges. »

Alors, comme une digue cède, comme un barrage s'ouvre afin que jaillissent des eaux trop longtemps contenues, je parle du poète Arthur Rimbaud ; celui qui se réfugiait dans la bonne odeur de foin de la grange ou se promenait au bois d'Amour pour y lire les compositions d'un dénommé Verlaine et pour s'atteler aux siennes ; celui qui arpentait le quartier gouailleur de Montparnasse en déclamant des vers ; celui qui inventait un nouveau langage dans l'hébétude que lui procurait l'absinthe ; celui qui formait des mondes en s'abandonnant aux ivresses ou aux étreintes ; celui qui s'encanaillait à Londres tout en fabriquant ce qu'il nommait ses *painted plates*, ses gravures coloriées ; celui qui bâtissait une œuvre incandescente ; celui, enfin, qui revint misérable à Roche, et y écrivit, dans la rage et les sanglots, son livre nègre, un livre contre Dieu, le livre d'un maudit, avant de déposer sa plume dans l'encrier à jamais. C'est celui qui gît aujourd'hui sur un lit, dans une chambre d'hôpital à Marseille. Celui qu'a connu Augustin Bernard était un autre. Normal qu'il ne l'ait pas reconnu.

Jeudi 15 octobre,

Je ne trouve plus le sommeil. Je suis hantée par l'image de ce moribond. Je sais qu'il me faudra des années pour me déprendre de cette image, si jamais je finis par m'en déprendre.

Au lever, j'ai de la fièvre. Je passe un peu d'eau fraîche sur mon visage, j'arrange mes cheveux afin qu'il ne remarque rien de mon état. Mais c'est peine perdue puisqu'il reste des heures sans même ouvrir les yeux. Il ne fait pas attention à moi. Mon teint de morte ne l'inquiète pas : il ne le voit pas.

Me savoir là, à ses côtés, suffit à le rassurer. Dès que je m'absente, même sans faire de bruit, pour me promener, il me réclame. J'entends son râle, j'accours aussitôt.

Samedi 17 octobre,

Quelquefois, le matin, tandis que je me faufile hors de chez moi afin de me rendre à l'hôpital, je croise, dans ma rue, un homme que – je dois l'avouer – je trouve à mon goût. Il porte une fine moustache et des gants de soie. Son élégance et sa discrétion me conviennent. Aujourd'hui, comme s'il s'était habitué à ma présence dans le bleu du jour qui commence, il ralentit sa marche, soulève son chapeau sur mon passage et m'adresse un sourire très bienséant. Moi, je lui rends rapidement son salut et je poursuis ma route puisque les femmes honorables ne sont pas autorisées à accorder du temps à des messieurs qui ne leur ont pas été présentés formellement. Pourtant, alors que la silhouette de la Conception se dessine devant moi, le souvenir de ce sourire ne s'est pas dissipé. Et, pensant à cet homme du matin, je me dis : pourquoi pas, après tout ? Celui-là, au moins, se tient du côté de la vie.

Mardi 20 octobre,

C'est l'anniversaire d'Arthur, aujourd'hui. Il a trente-sept ans. Il me lance juste : « Nous ne comptions pas y arriver, n'est-ce pas ? Pourtant, à quoi bon ? La fin est si proche, désormais. Il ne sert à rien de grappiller des jours. Cette lutte est vaine et pathétique. Il faudrait savoir partir. » Comme des larmes se mettent à couler le long de mes joues, il me sermonne : « Mais ne pleure donc pas, Isabelle. La mort n'est pas une affaire si grave si on a vécu sa vie d'homme. »

Quel aura été le moteur de cette vie ? Je serais bien en peine de le dire. Il a choisi tout de suite de conduire son existence à l'instinct, ne se fiant qu'au hasard, à l'envie du moment, à lui-même sans se préoccuper de donner un sens à son destin. Il s'est écarté des routes toutes tracées, il a emprunté des chemins de traverse, au gré de ses désirs ou de ses colères. S'il a cherché quelque chose, il n'a sans doute jamais su poser un nom sur l'objet de cette quête. En vérité, il n'a voulu que le soleil. Il part le rejoindre.

Que restera-t-il de lui ? Ce dessin que je viens d'exécuter, qui le représente sur son lit d'agonie, avec son crâne rasé, ses yeux cerclés de noir, son tourment malgré une sorte de résignation douloureuse ? Ou la photo du jeune homme de dix-sept ans, magnifique, insolent, fulgurant, disponible pour toutes les victoires ? Je déciderai de cela, en temps voulu.

Jeudi 22 octobre,

C'est naturellement sur moi qu'il déverse son courroux. Je suis là, disponible, muette : il peut exercer sa colère sans risque. Ce matin, dans une crise plus aiguë qu'à l'ordinaire, il m'adresse un flot d'injures et finit par s'emparer d'un vase où j'ai disposé quelques fleurs pour le jeter dans ma direction. J'ai à peine le temps d'esquiver le projectile. La porcelaine se brise sur le mur, juste derrière moi. Lorsque je me redresse, j'aperçois sans le moindre doute une insondable cruauté dans son regard. Il me revient alors en mémoire ses emportements d'adolescent, son agitation de dévoyé, ses fulminations de déclassé. C'est le même œil torve, la même méchanceté gratuite. La maladie seule ne peut excuser cette fureur, qui vient de loin. Entre mes dents, par mes lèvres scellées, je laisse échapper ce cri sourd : « Mais qu'il crève, à la fin ! »

Aussitôt, bien sûr, le remords.

Vendredi 23 octobre,

L'homme du matin s'est enhardi. Il m'a interpellée alors que je pressais le pas, tête baissée, en marchant à sa rencontre : je l'avais reconnu de loin, et tout de suite, dans sa redingote. Il m'a forcée à lever le visage vers lui en me disant simplement : « Bonjour, mademoiselle. » J'ai vu la pâleur de ses joues, où le froid jetait un peu de rouge, la finesse de ses traits comme chez les femmes qui ne connaissent pas l'effort, la clarté de ses yeux qui tentaient de témoigner une bienveillance. J'ai vu cela, en un instant, sans le détailler pourtant et malgré mon affolement. J'ai répondu : « Bonjour, monsieur », sans interrompre ma marche. Juste après, j'ai pensé : j'aurais dû m'arrêter, lui parler peut-être, avoir cette audace. C'est le sentiment terrible et poignant du regret qui m'a étreinte. Pour la première fois. Ce soir, je cherche le sommeil sans l'atteindre. Le sang afflue contre mes tempes, mon ventre se contracte, mes reins se cambrent, je referme mes mains sur cet endroit de mon corps où nul, jamais, n'est allé.

Et puis je me souviens d'Arthur. Et cela passe.

Samedi 24 octobre,

Je fais venir un aumônier au chevet de mon frère. Je voudrais tant qu'un peu de la lumière divine illumine ses derniers jours. Je voudrais tant qu'il renonce enfin à ses intolérables blasphèmes, à ses épouvantables récriminations contre le Tout-Puissant. Je voudrais tant qu'il ne parte pas avec l'ironie et la hargne au cœur. Je n'attends rien de lui qu'une sérénité à l'instant de franchir la frontière. Je compte sur la bonté de l'abbé Chaulier pour l'adoucir un peu, pour le ramener au calme. L'aumônier sort pourtant découragé de la chambre du mourant. Arthur est tout entier centré sur sa souffrance. Il lui est impossible d'écouter la voix paisible et rassurante d'un homme de Dieu. Il se perd en plaintes, en suppliques. Rien ne vient le tranquilliser.

Lorsque je m'en retourne auprès de lui après avoir raccompagné son visiteur, je lui prends la main, je la caresse longtemps. Il rouvre les yeux et me glisse : « Tu serais heureuse que je me réconcilie avec ton Vieillard, n'est-ce pas ? Ça te ferait plaisir, hein, que je cesse de combattre cette géniale imposture ? » Et aussitôt sa tête retombe et roule sur l'oreiller.

Ce soir, aux vêpres, je demanderai aux religieuses de prier pour le salut de son âme. Je sauverai Arthur malgré lui, s'il le faut.

Dimanche 25 octobre,

Je dois absolument consigner ce qui s'est produit, ce matin, qui est une sorte de miracle, un défi à la malédiction, un prodige. Arthur s'est converti. Oui, c'est tout à fait comme je l'écris : il s'est converti !

L'abbé Chaulier est revenu, tout à l'heure. Il avait sa bonne mine, son air joyeux et fatigué et ses rondeurs. Il m'a parlé lentement, avec onctuosité. Il a hoché la tête tandis que je m'adressais à lui, comme pour me signifier qu'il comprenait tout de mon espérance. Il m'a dit : « Ayez confiance, ma fille. Même les hommes les plus éloignés de Notre-Seigneur finissent par entendre Sa voix dès lors que la mort s'approche. » Et il s'est engouffré dans la chambre.

Quand il en est ressorti une heure plus tard, il m'a fait éprouver *le plus grand bonheur que je puisse avoir en ce monde*. Mon frère venait de confesser sa foi ! Alors, j'ai levé les yeux vers le ciel et exprimé ma gratitude.

L'aumônier a ajouté : « C'est une conversion spectaculaire, je le concède. Mais il faut parfois forcer la chance afin qu'advienne ce qu'on souhaite le plus ardemment voir advenir. » Et il s'est éloigné en clopinant.

Moi, je suis restée là, dans le couloir, les bras ballants, dans le silence, dans la béatitude.

J'ai pensé : il peut mourir, désormais. Tout est en ordre.

Mercredi 28 octobre,

J'écris à notre mère pour lui faire part du moment de grâce que nous avons connu, dimanche dernier. Pour lui apprendre que ses efforts n'auront pas été vains, et que son fils s'est finalement rallié aux principes qu'elle lui a inculqués dans sa jeunesse. Pour lui dire que l'amour de Dieu nous réunit tous, enfin, après tant d'années de séparation, d'incompréhension, de malentendus, de rancœurs.

J'en profite pour la prier de cesser de nous importuner avec de sordides questions d'argent et de ne plus me réclamer ce qu'Arthur possède encore, et qu'il tient des affaires qu'il a faites en Afrique. Puisqu'il a accompli le pas décisif vers la réconciliation, il importe qu'elle ne nous embarrasse plus avec sa cupidité, son avidité. Les quelques biens de mon frère iront à ceux qu'il me désignera. J'exécuterai à la lettre ses dernières volontés. Rien de ce que pourrait dire notre mère ne m'ébranlera. C'est moi qui suis aux commandes, dorénavant.

Dimanche 1er novembre,

C'est Toussaint, aujourd'hui. Mère s'est sans doute rendue au cimetière, très tôt ce matin, alors que le jour était à peine levé, afin de déposer des chrysanthèmes sur la tombe de sa fille, Vitalie. Bientôt, elle aura une autre tombe à fleurir. Que penser de cette mère qui perd, l'un après l'autre, tous ses enfants ? Aujourd'hui, la rage au cœur, je fais le serment de lui survivre.

Jeudi 5 novembre,

Elle ne daignera pas quitter ses Ardennes. Malgré mes lettres alarmantes, malgré l'imminence de l'irréparable, elle restera là-haut, confinée dans son noir pays, de bois coupé et d'arbres nus, d'ardoise gondolée et de volets fermés ; elle restera dans sa ferme, occupée à ses travaux, à crier après ses domestiques, à se plaindre que rien n'avance ; elle restera dans sa cuisine, où il ne se présente plus personne depuis que nous sommes partis, assise dans son fauteuil à bascule, rembobinant une pelote de laine, les yeux vides, seulement éclairés par le reflet d'une chandelle ; seule. Elle ne fera pas le voyage jusqu'à Marseille, trop loin, trop fatigant, trop cher ; trop tard. Elle ne verra pas son fils dans son costume de mourant. Ainsi, elle ne rapportera pas avec elle de mauvais souvenirs. Mais les remords ? Oui, Mère, comment te débrouilleras-tu avec les remords, si tu viens à en avoir ?

Vendredi 6 novembre,

Arthur profère de plus en plus fréquemment des paroles incompréhensibles. Il a de ces accès de bizarrerie qui me font craindre qu'il n'ait sombré dans la folie. Et puis, tout à coup, sans que rien ne le laisse présager, il est tout à fait capable de conduire une conversation sensée. Je me comporte comme si je ne remarquais rien. J'attends. Je ne fais rien d'autre qu'attendre.

Samedi 7 novembre,

Il m'appelle parfois Djami mais je sais que c'est parce qu'il le veut et que cela entre dans son rêve voulu ainsi ; d'ailleurs, il mêle tout et... avec art : nous sommes au Harar ; nous partons toujours pour Aden ; il faut chercher des chameaux, organiser la caravane ; il marche très facilement avec sa nouvelle jambe articulée ; nous faisons quelques tours de promenade sur de beaux mulets richement harnachés ; puis il faut travailler, tenir les écritures, faire des lettres. Vite, vite, on nous attend, fermons les valises et partons. Pourquoi l'a-t-on laissé dormir, pourquoi ne l'aidé-je pas à s'habiller ? Que dira-t-on si nous n'arrivons pas aujourd'hui ? On ne le croira plus sur parole, on n'aura plus confiance en lui ! Et il se met à pleurer en déplorant ma maladresse et ma négligence : car je suis toujours avec lui et c'est moi qui suis chargée de faire les préparatifs.

Il ne prend presque plus rien en fait de nourriture et ce qu'il prend, c'est avec une extrême répugnance ; aussi il a la maigreur d'un squelette et le teint d'un cadavre ; et tous ces pauvres membres paralysés, mutilés, morts autour de lui ! Ô Dieu ! Quelle pitié !

Dimanche 8 Novembre,

Rêve – sa belle tête repose sur les draps frais, les yeux clos sous ses paupières enflées. Il s'est finalement endormi. Sa respiration est régulière. Étendu sous une couverture de laine, son corps supplicié est dissimulé à la vue. Soudain, il n'a plus l'air d'un agonisant mais juste d'un homme qui dort. Je m'approche de lui lentement. Dans mes mains, je tiens un oreiller que j'applique sur son visage avec délicatesse. Lorsqu'il commence à se débattre, j'appuie plus fort, de toutes mes forces. Sa carcasse se désarticule, saisie de secousses, et finit par retomber. Ses bras qui battaient l'air se raidissent et se figent comme des branches mortes. Le battement de son cœur sous son poitrail décharné s'affole, faiblit puis s'interrompt. Je retire l'oreiller. Sa peau a rougi sous mes efforts mais vire au gris assez rapidement. J'observe l'étrange tranquillité de mon frère. On dirait qu'il a trouvé le repos, enfin.

Lundi 9 novembre,

Il me prie de me procurer sur-le-champ une feuille de papier, de l'encre, il tient absolument à me dicter une lettre qu'il destine à Monsieur le Directeur des Messageries maritimes. Je ne discute pas son ordre, cette dernière lubie. Sa pensée est désordonnée, ses paroles fusent sans qu'il les maîtrise véritablement mais sa voix est claire. C'est la voix d'un jeune homme tout à coup, la voix de celui qui se jetait dans des conquêtes, dans des exils.

Tandis que je m'évertue à rassembler ses propos épars, il me commande de cesser de prendre des notes et de l'écouter. Il me dit qu'il est un vagabond en Orient, qu'il avance au milieu d'une humanité cosmopolite, qu'il arpente des ruelles poussiéreuses où se croisent Arabes, Grecs, Syriens et Noirs, tous un peu trafiquants, qu'il écume des cafés sales et mal famés où se mélangent odeurs de sueur et essences de fleurs. Il est un voyageur de hasard, à l'allure fatiguée, trouvant finalement le sommeil, à défaut de repos, au bord de la mer, dont le reflux ramène quelquefois des épaves. Mais il repart, toujours il repart. Le voici qui aborde la côte sud de Chypre. À Larnaka, il dégote une carrière de pierre en plein désert, il affronte une chaleur effrayante, il mène un combat de tous les instants pour tenir, tenir encore, ne pas tomber, ne pas sombrer. Là, dans cette cité harassante, une lettre de notre mère lui parvient, qui lui annonce la mort de notre père. Alors, il contemple longuement son reflet dans un miroir, il fixe son regard, le regard du père dans le sien. Il ne voit plus que cela, les yeux du père, qui désormais sont seulement les siens, là, dans une glace ébréchée.

Brusquement, il se saisit de mon bras et me lance : « Isabelle, comprends-tu l'histoire que je te raconte ? » Je ne lui réponds rien. Il n'escompte aucune réponse.

Pour finir, il me demande de noter à nouveau sous sa dictée et il termine sa missive par ces mots : « Dites-moi à quelle heure je dois être transporté à bord. »

Mardi 10 novembre,

Sur le registre des décès de l'hôpital de la Conception, l'infirmière écrit, d'une belle écriture, régulière et appliquée : « Rimbaud (Jean-Nicolas), trente-sept ans, négociant, né à Charleville, de passage à Marseille, décédé le 10 novembre 1891, à dix heures du matin. Diagnostic : carcinose généralisée. »

Le repos, enfin.

Comme dans un effet de balancier, je songe à l'homme du matin, que je ne reverrai pas, puisque je quitterai cette ville très bientôt désormais. Je songe à la douceur qui émanait de lui. Il était la vie peut-être et mon sort est de veiller un cadavre.

Mercredi 11 novembre,

Levée du corps. Le ciel est gris par la fenêtre.

Dans la chapelle, il fait un peu froid. L'abbé Chaulier vient me réconforter. Il me glisse, dans un souffle, que les souffrances d'Arthur sont terminées. Il m'assure que son âme est sauvée. Il me dit que le temps du deuil s'ouvre.

Je l'entends, sans l'écouter vraiment. Je me sens

démunie, délestée, allégée. Je ne suis pas encore habituée à ce dénuement.

J'ai accompagné un vivant à la mort. Désormais, c'est ce disparu qui m'accompagne, sur le chemin qui reste à parcourir.

Jeudi 12 novembre,

La préfecture a donné son autorisation pour que le corps soit rapatrié dans les Ardennes. Pour la dernière fois, Arthur revient à Charleville. Je rentre avec lui.

Vendredi 13 novembre,

Je me remémore notre précédent voyage en train. Nous faisions alors le trajet en sens inverse. Aujourd'hui, nous remontons vers l'est. Arthur est couché en son cercueil, installé dans un autre wagon. Il ne gémit plus à mes côtés. Il n'est plus embarrassé par sa jambe malade.

Assis face à moi, un jeune couple plaisante, s'embrasse. Ils ne savent rien de ma peine.

Je regarde par la vitre : il pleut sur les rivières et les routes de France. Il n'y a plus d'enfants qui jouent dans les arrière-cours. J'aperçois parfois des silhouettes courbées sous le vent mauvais.

Ma cape est chaude et pourtant j'ai froid au-dedans, comme si l'humidité du dehors s'engouffrait en moi. Je frissonne un peu.

Je tente de trouver le sommeil, mais en vain. C'est le roulis qui finit par me plonger dans une sorte de torpeur.

À Paris, il faut encore organiser le convoi depuis

la gare de Lyon jusqu'à la gare de Strasbourg. C'est déjà comme un cortège funèbre, mais sans les ors ni les orgues.

Il est plus de vingt-trois heures quand nous repartons en direction de Charleville. Notre train arrivera à destination demain à huit heures.

Arthur sera bientôt chez lui. Cette fois, sa mère vient le chercher.

Samedi 14 novembre,

Elle me l'annonce sans manières, sans ménagement dès que je descends du train : il n'y aura qu'elle et moi. Comme je redoute de comprendre ses paroles, je les lui fais répéter : « Oui, je te le dis : il n'y aura que toi et moi. » Elle n'a prévenu personne de la mort d'Arthur. Elle n'a rédigé aucun faire-part. Elle n'a pas fait publier le moindre avis de décès dans le journal. Elle n'a même pas jugé utile d'informer Frédéric, son propre fils, mon frère, notre frère. Elle a refusé qu'on convie ses anciens amis. Elle a fait le vide autour de lui. Je ne dois sans doute qu'à ma présence continue auprès du mourant d'avoir échappé à ce bannissement général. Je choisis de ne pas me battre contre elle. Je suis trop lasse. Comme anéantie. Voilà vingt-quatre heures que je transporte mon mort avec moi.

A-t-elle décidé de le garder pour elle seule, à la fin ? De ne partager son chagrin avec personne ? Ou bien de parachever sa victoire ? Ou bien encore de tenir une dernière fois à l'écart ce fils qui lui a fait tellement honte ? La vérité, quelle qu'elle soit, me glace d'effroi.

La voix de l'abbé Gillet résonne dans l'église vide. Elle rebondit contre les parois, les vitraux. Elle parcourt la nef comme une bise folle. Elle est la mesure de notre solitude. La cérémonie est d'une glaçante sobriété. Elle s'achève sur les accords déchirants du *Dies irae*.

Puis nous remontons en silence l'avenue de Flandre, en direction du cimetière. Les passants interloqués s'immobilisent au passage de cette étrange procession. Ils nous adressent des œillades offusquées. Nous cheminons sous un opprobre muet. Le cercueil installé sur une carriole est bringuebalé. Pathétique épilogue.

Mère a fait aménager une place dans le caveau de famille. Arthur vient y rejoindre Vitalie et son grand-père. Je songe que, malgré l'amour qu'il portait à sa sœur, il n'aurait pas voulu de cet endroit pour dernière demeure. Il aurait refusé d'être enterré dans cette lande qui l'a vu naître puisqu'il n'a fait que la fuir tout au long de son existence. Puisqu'il s'est efforcé de rompre tous les ligaments et d'être dans le délaissement absolument.

Il aurait voulu le soleil, pour finir. Mais ce sont des gouttes de pluie qui roulent sur le bois de son cercueil tandis que quatre hommes le descendent dans le trou qu'ils ont creusé. Tout à l'heure, une fois que nous serons parties, on l'ensevelira sous cette terre qu'il n'aimait pas. Je doute qu'il repose en paix.

Remerciements

J'exprime ma gratitude et mon respect à Jean-Jacques Lefrère pour les recherches minutieuses qu'il a conduites et le travail considérable qu'il a accompli afin de nous proposer son *Arthur Rimbaud* (Fayard, 2001). Je tiens ce livre pour un ouvrage de référence, qui m'a fourni les informations dont j'avais besoin et qui m'a inspiré.

Cet ouvrage a été imprimé en France par

à Saint-Amand-Montrond (Cher)
en juillet 2011

Dépôt légal : janvier 2011.
N° d'édition : 4336. — N° d'impression : 112028/4.
Nouveau tirage : juillet 2011.